信念

浪人小説傑作選

滝口康彦　葉室 麟
宮部みゆき　山本兼一　山本周五郎
末國善己＝編

角川文庫
24586

目次

薯《いも》粥《がゆ》　山本周五郎　5
異聞浪人記　滝口康彦　31
鬼の影　葉室麟　69
うわき国広　山本兼一　111
敵持《かたきも》ち　宮部みゆき　165
解説　末國善己　194

薯《いも》粥《がゆ》

山本周五郎

山本周五郎（やまもと・しゅうごろう）

1903年山梨県生れ。小学校卒業後、東京の山本周五郎商店で徒弟として働く。26年「須磨寺附近」が『文藝春秋』に掲載され、注目を浴びる。著書に『柳橋物語』『寝ぼけ署長』『栄花物語』『樅ノ木は残った』『赤ひげ診療譚』『五瓣の椿』『青べか物語』『虚空遍歴』『季節のない街』『さぶ』『ながい坂』などがある。67年2月、逝去。

一

承応《じようおう》二年五月はじめの或《あ》る日、三河《みかわ》のくに岡崎《おかざき》藩の老職をつとめる鈴木《すずき》惣兵衛《そうべえ》の屋敷へ、ひとりの浪人者が訪れて来て面会を求めた。用件を訊《き》かせると、町道場をひらきたいに就いて願いの筋があるということだった。……そのとき矢作橋《やはぎばし》の改修工事がはじまったばかりで、惣兵衛は煩忙なからだであったが、町道場ということはかねて藩主水野忠善《みずのただよし》からもはなしが出たことがあるので、ともかくも会おうと客間へとおさせた。客は十時隼人《ときはやと》となのった、三十二三とみえる、あまり背丈は高くないが、逞《たくま》しい骨組で、太い眉《まゆ》と一文字にひき結んだ大きな唇とが精悍《せいかん》な気質を思わせた。「わたくしは、五十日ほどまえに御城下へまいりました、唯今《ただいま》は両町《りようまち》の伊五兵衛《ごへえ》と申す者の長屋に住んでおります、家族は七重《ななえ》と申す妻とふたり残念ながら未《いま》だ子にめぐまれておりません、尤《もつと》も右はすでに御奉行役所へ届け出たとおりでございます」かれは落ちついた調子でそう述べた。生国《せいこく》は甲斐《かい》。郷士の子でまだ主取《しゆうど》りをしたことはない。流名は一刀流《いっとう》であるが、就いてまなんだ師の名は仔細《しさい》があっていえないという。それだけのことを聞くあいだに、惣兵衛はちょっと云いようのない好感が胸へ湧《わ》きあがってくるのを覚えた。かくべつどこに惹《ひ》きつけられたというのでもないその男を見ているだけで、なにやらゆたかにおおらかな気持が感じられたのである。

「当藩には、いま梶井図書介《かじいずしよのすけ》という新蔭流《しんかげ》の師範がいて、家中《かちゅう》の教授をしておる、けれどもこれだけでは、家中ぜんぶに充分の稽古《けいこ》はつけられないし、もしも適当な師範がいて別に教授をすれば、却《かえ》って互いに修業のはげみともなるので、実はしかるべき兵法家を求めたいと思っていたところだった、尤もすぐ師範としてお取立てになるとは申しかねる、当分のあいだは町道場として稽古をつけて貰《もら》わねばなるまいが」

「失礼でございますが、わたくしがお願いに出ましたのは、仰せのおもむきとは少し違うのでございます」十時隼人は、ちょっと具合がわるそうに惣兵衛の言葉をさえぎった、「わたくしは足軽衆のうちからその志のある人々にかぎって稽古をつけたいのでございます」

「ほう、足軽にかぎって」惣兵衛はにがい顔をした、「それはどういう仔細か知らぬが、さむらいには教授せぬというわけなのだな」

「わたくしは兵法家ではございません、教授などという人がましい技は持ちませんので、ただ御城下に住居させて頂く御恩の万分の一にもあいなればと存じ、おのれの分相応にいささかのお役に立ちたい考えだけでございます」

「それで、……わしへの願いと申すのは」

「足軽衆への、稽古をお許しねがいたいと存じます」隼人はつつましく云った、「稽古は未明から日の出までとかぎり、お勤めには差支えのないように計らいます、如何《いかが》でございましょうか」

「それだけのことならば別に仔細もないであろう、尤も一応は支配むきへその旨を申してやる、追《おっ》て沙汰《さた》をするであろう」

「忝《かたじけ》のうございます、よろしくお願い申上げます」隼人は、鄭重《ていちょう》に挨拶《あいさつ》をして辞去した。

その日のうちに、惣兵衛は足軽支配を呼んではなしをした。支配役は寧《むし》ろよろこんだ。ちかごろ足軽たちには、そういう機会がだんだんと少なくなり、このままではやがて武士としての心構えも疎《うと》くなるのではないかと惧《おそ》れていた。早速その手配を致しましょうと非常な乗り気だった。……そして、それからひと月ほど経った。

惣兵衛は繁務に追われてそのことはそのまま忘れ過していたが、或る日ふと思いだして、「いつぞやの浪人者はどうしておるか」と、足軽支配に訊いた、「足軽共は稽古にかよっておるか、道場のようすはどうだ」

「ただいま十人ほどかよっております」支配役はそう云って笑いながら、「みんななかなか熱心のようでございますが、道場というのが草原でございまして……」

「草原というと、ただの草原か」

「ただの草原でございます、両町の裏の小川に沿った広い草原でやっております」

ふうんと惣兵衛はなにやら云いたげに鼻を鳴らした。しかしそのまま口をつぐんで事務に戻った。明くる早朝、まだほの暗い時刻に、惣兵衛は独りでそっと屋敷をでかけていった。霧のふかい朝で、少し早足にゆくと胸元がしっとりとなるほどだった。両町というのは、城下のほとんど東端《とうたん》にちかいところだった。およその見当をつけて裏へぬけると、霧にかすんで青田と雑木林とが、暈《ぼか》したようにうちわたしてみえる。そしてその霧のかなたから「えい」「おう」というはげしい、元気いっぱいの掛け声が伝わって来た。「ほう、やっておるな」惣兵衛は足早にそちらへ近寄っていった。

二

「稽古を終ります」十時隼人がそう叫ぶと、十人あまりの足軽たちはいっせいに木剣をおろし、隼人の前に集まって会釈した。みんな着物を浸すほど、汗みずくになっていた。「御苦労でした、支度ができたようですから、すぐに汗を拭《ふ》いて来て下さい」そう云って隼人が去ると、かれらは小川の畔《うね》へいって肌脱ぎになり、黙って手早く汗を拭いた。二十前後の者が多く、なかには三十五六とみえるのもいる。こういう時こういう者たちに有りがちな無駄ばなしがでるでもなく、みんな黙って、いかにもてきぱきとした動作だった。……そのあいだに、向うでは十時隼人が、ひとりのまだ若い婦人(それが妻の七重だった)といっしょに、大きな鍋《なべ》と椀箱《わんばこ》を運んで来て草原へ据えた。

「支度ができました、来て坐《すわ》って下さい」

隼人がそう呼びかけた。足軽たちは互いに眼を見交わしなにか頷《うなず》き合いながら、近寄っていって鍋の前の草地へ坐った。そして隼人の妻が大鍋の蓋《ふた》をとろうとしたとき、「頂戴《ちょうだい》するまえに今朝はひとつお願いがございます」と、一人が改まった態度で云いだした。「なにごとです」「わたくし共は、もう三十日あまりお稽古を受けにかよっております、稽古をつけて頂くうえに、十余人の者が毎朝こうして馳走《ちそう》にあずかりましては、忝ないと申上げるよりも却って心苦しいのです、甚《はなは》だ申兼ねたことではございますが、御授業料としてではなくわたくし共の寸志と致しまして、今後そくばくの料をお受けが願いたいのでございます」「わたくし共、一同のお願いでございます」別の一人がそういい、みんながそこへ揃《そろ》って手をついた。「是非おききとどけ下さいますよう」「お志はよくわかるが、それはお断わり申します」隼人は微笑しながらいった、「初めに申上げたとおり拙者は兵法家ではない、あなたがたに教えるのではなく、ごいっしょに武道の稽古をする修業者にすぎないのです、また一椀の薯粥《いもがゆ》は拙者から進ぜるものではなく、天の恵み国土の恩なのだ、拙者はただ、そのなかつぎをしているまでのことです、出来なくなれば仕方がないが出来るあいだは差上げますから、そんな心配は無用にして喰《た》べて下さい、さあいっしょにやりましょう」誰もなにもいえなかった。妻女が盛りつける熱い薯粥の椀が配られると、隼人がまず箸《はし》をとり、みんな感動の溢《あふ》れた表情で、うまそうに喰べはじめた。

惣兵衛はこれだけのことを見て、気づかれぬようにその場を去った。妙な気持だった。いま聞いた話のもようでは隼人は教授料も受けず、毎朝かれらに薯粥を出しているらしい。どういうつもりか見当もつかないが、なにかしら、尋常でないものが感じられる。殊《こと》に足軽たちの虔《つつ》ましい態度や、いかにもひたむきなようすがかれを驚かせた。――これは注意する要があるぞ、惣兵衛は自分が許可した責任者なので、そう思いながらそれからも時々そっと見にゆくことを続けた。……稽古は未明にかぎっていた。ちょっと時刻に遅れてゆくと終ってしまう。人数は少しずつ殖えて、いつか三十人あまりになったが、毎朝の薯粥は必ずみんなに出していた。――たとえ薯粥にもせよ、あれだけの人数へ欠かさずやるのは容易《たやす》いことではない。そう思っているうちに、惣兵衛はいつかその場の雰囲気に強く心を惹かれるようになった。隼人の稽古ぶりは凛烈《りんれつ》であったが、終って鍋を囲むときになると、にわかに温かい、なごやかな空気がみんなを包む。早朝のはげしい稽古のあとで、師弟が膝《ひざ》をつき合せて粥を啜《すす》るのだから、なごやかな感じに包まれるのは当然だろうが、それは寧ろ隼人のゆたかにおおらかな人柄からくるものらしかった、また慎ましやかに微笑を湛《たた》えて接待する妻の七重の姿も、その場に明るい楽しい色彩《いろどり》を添えていた。――あの仲間にはいって、いっしょにあの粥を啜ったらさぞ楽しいことだろう。惣兵衛はそう考えて思わず足を進めようとしたことさえあった。

季節は真夏になって、七月にはいった或《あ》る早朝のことだった。例になく早く、まだ足許《あしもと》も暗い時刻にいってみるとちょうどこれから稽古《けいこ》が始まるというところへゆき合わした。稽古着に短袴《たんこ》をつけた隼人が三十余人の門人たちの前に額をあげて立ち、ぱきぱきとよく徹《とお》る声で云っていた。「今日から稽古の法を変えて、打ち太刀をはじめる、その前にひと言いって置きたい」かれはぐっと三十余人を見まわして、「貴公たちは合戦に臨めば軍兵となって戦うのだ、軍兵ということを、雑兵《ぞうひょう》などと卑下してはならぬ、いくさの指揮、計略は部将から出るが、合戦の主体となるものは軍兵だ、いかにすぐれた大将が指揮をとっても、戦う主体の軍兵が不鍛錬ではたたかいには勝てない」と、一同の腸《はらわた》へしみ透《とお》るような調子でいった。

三

「では軍兵としての鍛錬とはなにか、一途不退転の心だ、命令のあるところ水火を辞せざるの覚悟だ、口でいうことは容易いが、一途不退転の心とはそうやすやすと鍛えられるものではない、その例を見せよう」そう云って隼人は、傍に置いてあった、青竹の一本をとりあげ、百歩ばかり先の地面へ突き立てた。そして戻って来ると、しずかに刀を抜いてふり返った。「ここから走っていって、あの竹を二つに斬り割るのだ、拙者がやってみせるから見ろ」みんな眸子《ひとみ》を凝らして見まもっている。隼人は刀を右脇につけると無雑作に走りだした、走りだしは無雑作だったが、やがてすばらしい速度で一文字に疾走し、きらりと大剣が空にひらめいたとみるや、「えいっ」という烈しい気合と共に、竹の上をぱっと向うへとび越えていた、青竹はみごとに真中から二つに割れ、地に突き立ったままぶるぶると震えていた。「佐野氏やってごらんなさい」戻って来た隼人は、門人のひとりにそう声をかけ、自分はまた青竹の一本を持って引返していった。……佐野と呼ばれた男は前へ出てゆき支度を直してしずかに大剣を抜いた。

このあいだに青竹を立てた隼人は、佐野が位置につくのをみて、「待て」と呼びかけた、「これを青竹と思ってはならんぞ、甲冑《かっちゅう》に身をかため太刀をふりかぶっている敵兵と思って来い、こちらの太刀は、そこもとの面へゆくかも知れぬ、胴を払うかも知れぬ、そのつもりで肚《はら》を据えてかかれ、よいか」

佐野という男の眼つきが変った、かれは抜いた刀を摑《つか》みしばらく青竹の立っているあたりをぐっと睨《にら》んでいたが、やがて意を決したように走りだした、間百歩ひと息に疾走していって刀を振上げる、その刹那《せつな》に隼人が、「面へ行くぞ！」と絶叫した、まるで壁にでもつき当ったように、そのひと声で佐野は身を反らしながら踏み止《とど》まった、竹との距離は九尺ほどあった。

「つぎ早瀬氏お出なさい」隼人は一顧も与えずそう叫んだ、「戦場へ出た覚悟でやるのだ、この青竹は敵だ、ゆだんをすると逆に斬られる、そのつもりで来い……さあ」

早瀬というのはまだ二十そこそこの青年だった、かれは前の例をよく心にとめたようすで、ひとりなにか頷きながら位置に立ち、やがて呼吸をはかって走りだした、こんどは隼人は声をかけなかった、早瀬はいっさんに走《は》せつけ、刀をふるってえいと斬りつけた。しかし青竹と刀の切尖《きっさき》とは五尺もはなれていたし、斬りつけた余勢でかれは右へのめって膝をついてしまった。

「代ってつぎ松田氏」隼人はすぐそう叫んだ。五人まで続けざまにやらせたが四人めのひとりが、青竹を叩《たた》き伏せただけで、ほかの者はみな失敗した。

「みんな見たとおりだ」隼人は元の場所へ戻って来て、ずっとかれらを見なおしながらいった、「青竹一本でも今のようにしてはなかなか斬ることができない、なぜ斬れないか、それは貴公たちの頭に疑惧《ぎぐ》が生れるからだ、甲冑を着け太刀を持った敵兵と思えという拙者の言葉で、貴公たちの眼に敵が見えてくる、間近に迫った、

『面へゆくぞ』と叫べば、敵兵の剣が面へ来るさまが見える、そのときやられるかも知れぬという疑惧が生れて距離を誤ったり躰勢《たいせい》が崩れたりするのだ、……さっき云った一途不退転の心とは、つまりこの疑惧の念をうちやぶることから始めなければならぬ、相手が青竹であれ敵の強兵であれ、走りだしたら真一文字にいって斬り倒すその一途のほかには微塵《みじん》もゆるぎがあってはならぬ、その鍛錬をこれから打太刀の稽古でやってゆくのだ、ではもういちど拙者が見せてやる、よいか」

惣兵衛はその稽古の終るまで、ほとんど時の移るのも忘れて見まもっていた。――ただ者ではない。屋敷へ帰ってからも、かれの頭のなかはそのことでいっぱいだった。「軍兵の覚悟」という言葉も明確だし、青竹を使っての教えぶりも要を得ている。そして全体を通しての湧きあがるような情熱が、三十余人の者へびしびしとはいってゆくさまは更にみごとなものだった。――あんな事をさせて置くには惜しい、機会をみて世に出すべき人物だ。それまでの興味とは違った角度から、惣兵衛は改めて隼人に注意しはじめた。そして間もなくその機会が来たのである。……新秋八月の或る日、惣兵衛は矢作橋改修の工事場へでかけていった。橋の上下にかなり大掛りな護岸工事をする設計で、それがほぼ出来かかっている。かれはその模様を下役人の案内でずっと見て廻《まわ》った。

四

秋とはいっても、日盛りはまだ暑さがひどかった。工事場はいちめんに埃立《ほこりだ》って、石を運んだり土を起こしたりする雇い人足《にんそく》や足軽たちの群れが汗まみれになって右往左往していた。……するとそのなかで差担《さしにな》いで石を運んでいる若い足軽の一人と、見張り番の侍とのあいだに、とつぜん喧嘩《けんか》が始まった。事の起こりはこうだ、足軽が石を運んで通るたびにその侍が同僚たちと口を合わせて嘲弄《ちょうろう》する。「あのぶ態《ざま》な腰つきをみろ、満足に石運びもできはせぬ、あれで剣道稽古などをするとは笑止なやつだ」「まさにそのとおり、役にも立たぬ稽古がよいなどをするから、大切の役目に日雇い人足ほどの働きもできぬのだ、お上から頂く扶持《ふち》は盗んでいるのも同様だぞ」若い足軽は、耳にもかけなかった。それで侍たちは図に乗り、なん度めかに通りかかった足軽の足下へ、ひょいと六尺棒をつき出した。重い石を担いでいるので、除《よ》けようがなかった。若い足軽はあっと叫びながらのめり、土埃をあげながら転倒した。

「なにをなさる」はね起きたかれは、我慢の緒を切ったらしく、いきなり侍の手から六尺棒を奪い取ると、足をかけてぴしりと踏み折った。「おのれ無礼者」と相手の侍は拳《こぶし》をあげて殴りかかったが、足軽はその腕を逆に摑み、つけ入ったとみるや、腰車にかけてだっと投げた。見ていた侍の伴《つ》れ三人は意外な結果にとりのぼせたとみえ、「うぬ叩き伏せろ」と叫び、ひとりは「斬ってしまえ」と喚《わめ》いて刀を抜いた。足軽は無腰だったが、いま踏み折った棒の半分をすばやく拾いとると、つぶてのように三人のなかにとび込んでいった。些《いささ》かも臆《おく》せぬ断乎《だんこ》たる態度で、……そして一人の刀を突き落し、一人を躰当りで突き倒した。このありさまを認めたのであろう、向うからさらに七八人の侍たちが駆けつけて来て、まさに大事に及ぼうとしたとき、工事場の人足の中から一人の男がとびだして、両者の間へ割ってはいった。「お侍ちなさい、このうえ騒ぎを大きくしては武士の体面にかかわりましょう、場所がらをお考えなさい」かれはそう叱呼《しっこ》しながら、大手をひろげて立ち塞《ふさ》がった。その声の凜乎《りんこ》たる響きと、立ち塞がった身構えのするどさに、さすが殺気だった侍たちも思わず踏み止まった。そこをすかさず、「相手は足軽一人、御家中の士大勢でとり詰めては云分が立ちますまい、お退《ひ》きあれ」きめつけるように叫んだ。そして、そのとき鈴木惣兵衛が工事支配の役人たちといっしょにそこへ近寄って来た。「役目を捨ててなにごとだ、見苦しいぞ」惣兵衛の一喝は決定的だった、「この場の詮議《せんぎ》は追ってする、みな持場へかえれ、みだりに騒ぎたてるなと、屹度《きっと》申しつけるぞ」

喧嘩の当人たちも、駆け集まって来た者も、この一言で潮の退くように散っていった。そして止めにはいったくだんの人足もすばやく去ろうとしたが、「その男、しばらく待て」と、惣兵衛がきびしく呼び止めた。

「たずねたいことがある詰所までついてまいれ」

「はっ、仰せではございますが、わたくしは」

「いやならん、ついてまいれ」そういうと、すぐに惣兵衛はさっさと歩きだした。

その人足は、なお躊躇《ちゅうちょ》するようすだったが、支配役に促されてよんどころなくあとからついていった。……詰所へはいると、惣兵衛は人を遠ざけて二人だけになった。

「十時……と申したな、たしか」惣兵衛にいきなりそういわれて、土間に平伏してからかれはしずかに面《おもて》をあげた、まさに十時隼人であった。「まことに、意外なところで会う、そのもとは武道教授のほかに人足もするのか」

「……いかにも」隼人は恥じるようすもなく答えた、「ごらんのとおり、人足も致します」

「理由を聞こう、わしは内々、そこもとの教授ぶりも見ておる、そのもとほどの心得を持ちながら、人足をしなければならぬとは不審だ、しかと答弁を承ろう」

「べつに理由と申すほどのことはございません」

「ないとは云わさぬぞ」惣兵衛は、鋭く突っ込んだ、「矢作橋は、岡崎城にとって攻防の要害だ、改修工事の模様を探索に入りこむ者が無いとも云えぬ、どうだ」

「さような考え方もございますか知らん」にっと隼人は微笑をもらした、「合戦にのぞんでこの橋ひとつが要害とは、さても岡崎は攻め易うございますな」「……………」「城砦壕塁《じょうさいごうるい》はいくさの凌《しの》ぎで、攻防のかなめは人にあると存じますが、……しかし、その御疑念があるからは申上げましょう、わたくしが人足を致しますのは、おのれの生活《たつき》をたて、門人衆に一椀《わん》の薯粥《いもがゆ》をふるまいたいからでございます、これよりほかに些かの理由もございません、お疑いになればどのようにも御詮議下さるよう」

五

言葉つきにもまなざしにも、曇りはなかった。それよりも、毎朝三十余人の者に粥をふるまっている事実は、惣兵衛がみずから見ていることだ。――あれだけの人数に、毎朝のふるまいには容易《たやす》くはあるまい。そう思いやったこともある。また足軽たちに教える「軍兵としての鍛錬」の仕方など、どれをとってもかれの言葉が嘘だとは思えない。ただ残る不審は、なぜ自分が人足までして粥ぶるまいをするかという点だけだった。それを問い詰めると隼人は笑って、「足軽衆には、早朝からの勤めがございます、稽古《けいこ》から戻って食事をするのでは、勤めに遅刻する場合があるかも知れません、稽古も大切ではありますが、日々の勤役に些《つか》かでも怠りがあっては、本末を誤ります、それにもうひとつは、……日々の勤めで労れたうえ熱心に武道をはげむ、その心に少しでも酬《むく》いたいと存じまして……」

惣兵衛は、心をうたれた。言葉は短いけれど、そこにあらわれている隼人の、ゆたかな温かい気持は稀《まれ》なものである。——なんという行届いた温かい心だろう。心から感動した惣兵衛には、もう塵《ちり》ほどの疑念も残ってはいなかった。

「よく相わかった、もはやなにも云うことはない、だが十時氏」かれは眼をうるませていた、「改めて御相談だが、毎朝おふるまい下さる粥の料として、僅《わず》かながら月々十俵ずつお受け下さらぬか、そうして頂ければ……」

「それはお断わり申します」しまいまで聞かずに、かれはかたく拒んだ。

「なぜいかん、知らぬうちならともかく、家中の足軽が無料で御教授を受け、また毎朝のふるまいまで頂いておるとわかった以上、藩の老職として、捨て置くわけにはまいらぬ」

「よくわかりました、仰せはよくわかりましたが……」と隼人はしずかに答えた、「そう致してはわたくしの心がとおりません、どうぞこのままおみのがしを願います」それでもと云う隙のない、心のきまった口ぶりだった。惣兵衛は、ついに黙るより仕方がなかったのである。

その日の仕事を終って、隼人が両町の裏にあるおのれの住居へ戻って来ると、貧しい家の中に三人の若い侍が待っていた。……妻の七重は部屋の隅で賃仕事の縫物をしていたが、良人《おっと》の姿をみると膝《ひざ》の上の物を押し片付け、「お帰りあそばしませ」と云いながら、半挿《はんぞう》（洗面桶《おけ》）と着替えを持って出て来た。二人はそのまま井戸端へいった。「御家中のお侍衆でございます」水を汲《く》みながら妻が囁《ささや》いた、「たいそう気色《けしき》ばんでおいでのようですけれど、なにか間違いでもございましたのですか」「心配するほどのことではない」隼人は汗を拭《ふ》きながら答えた、「それよりも今日、御老職から米を扶持しようと云われたぞ」「はあ……お扶持を」「扶持を貰《もら》えば、おまえが賃仕事をして疲れる分だけでも楽になる、おまえには少し息ぬきをさせてやりたい、そう思った」「まあなにを仰《おっ》しゃいます」七重は、びっくりしたように面をあげた。びっくりしたというよりも、怨《うら》めしそうな眼もとだった。隼人は、すぐに首を振ってつづけた。「むろんそれは、思ったただけのことだ、おれは断わった、おれが人足をし、おまえが昼夜をわかたず賃仕事をする、そしてふるまうからこそ、貧しい薯粥にも心が籠《こも》るのだ、その心が、修業する人々へも通ずるのだ、おのれの教える武道は『心』だ、技ではない、だから心と心との通ずることがなによりも大切なんだ」「よくわかっております、わたくしの賃仕事などが、なんの苦労でございましょう、今さらそのようにお考え下すっては、わたくしお怨みに存じます」「つい口が辷《すべ》ったまでだ」隼人はそう云って笑った、「このような気持を俗に夫婦の情とでも申すのであろう」

「珍しいことを仰しゃいます」七重も頰を染めながら、恥ずかしそうに笑った。

からだを拭《ぬぐ》い着物を着て家へ戻ると、待ち兼ねていた三人は、にわかに坐《すわ》り直した。しかも隼人は妻に茶を点《た》てさせ、いかにも心しずかに一服してから、はじめて客の前へ来て坐った。これだけの順序で、三人の者はまったく圧倒されいきごんでいた出端《ではな》を挫《くじ》かれたかたちだった。「もはやお聞き及びかと存ずるが」と一人が用件をきりだした、「今日、矢作橋の工事場で足軽と侍とのあいだに喧嘩《けんか》があった、近来そこもとが武道の教授をされるそうで、足軽どもの気風が僭上傲慢《せんじょうごうまん》になってお る、いかなる御教授によるのか、お心得のほどを拝見申したいに就いて、われら師範梶井図書介より御前試合の願いを呈出仕《つかまつ》った、不日おゆるしのお沙汰《さた》があろうと存ずるゆえ、そのおり逃げ隠れなさらぬよう、しかとただいま申入れる」

六

いうだけ云うと、三人はすぐに帰っていった。隼人は、やはりそうだったかと思った。今日の喧嘩の原因も「足軽に武道の教授をしている」という反感もあるのだ。そして結局は、足軽が三人の侍を相手にして勝ったとなると、かれらの鋒先《ほこさき》が自分に向って来るのは当然である。

「いかがあそばしますか」七重が気遣わしげに良人を見た。

「争いは好まないが」と隼人は困惑しながら、「しかし武道のまことを守るためには、いたずらに争いを避けるだけが能ではない、……受けるより仕方がないだろう」

いかにも気の進まぬようすでそう云った。……その翌々日、鈴木惣兵衛から使者があった。「御前試合の下命があったから、この使者と同道で登城されたい、悪くは計らわぬから……」そういう口上だった。隼人は覚悟をしていたのですぐに支度をし、愛用の剣を持って、使者といっしょに登城した。

案内されたのは本丸の月見櫓《つきみやぐら》の前で、試合の場所には幕が張り廻してあった。席に就いたのは、鈴木惣兵衛とほかに老職二名だけで、間もなく城主水野監物《けんもつ》忠善が上座へあらわれたほかには、見物の者はひとりも無かった。梶井図書介は、三十六七になる立派な人物だった。上背もあり骨組も逞《たくま》しく、眉《まゆ》のはっきりした堂々たる風貌《ふうぼう》である。「用意がよくば、双方出ませい」城主が席に就くと惣兵衛がそう声をかけ、勝負は一本、遺恨あるべからずと云った。……隼人は拝礼して木剣を袋から出し、しずかに相手を見ながら進み出た。

図書介の木剣は三尺ちかい大きなものだった。かれは位置につくと、それを青眼《せいがん》にとって屹《きっ》とこちらを見た。隼人は木剣を下げたままその眼を見かえした、両者の距離は二間あまりある。互いの双眸《そうぼう》はしかと嚙《か》み合って、さながら空中に線を結ぶかと思われるようだった。そのまま時が経っていった。どちらも微動もしなかった。図書介の青眼の木剣も動かず、右脇へひっさげたままの隼人の木剣も動かない。ただ呼吸と眼だけが、一瞬の「期」をみきわめようとして火花を散らしている、……するとやがて、隼人がふいと躰《からだ》をひき、図書介が絶叫しながら打ち込んだ。それはまるで隼人が誘いこんだようにみえたし、打ちを入れて伸びた図書介の籠手《こて》を、隼人の木剣が眼にもとまらず斬って取るのがみえた。

――勝負あった。監物忠善も、老職たちもそう認めた。しかし、図書介は、どうしてかそれを無視し、重ねてはげしく打ち込んだ。隼人はさっと身をひき、図書介の木剣を戛《かつ》と叩《たた》き落したが、それと同時に自分の木剣もぽろっととり落した、「まいった」「まいった」二人はほとんど同時に叫んだが、それでも隼人が相打に譲ったのだということは隠しようがなかった。

「勝負みえた、両人ともみごとだ」忠善がみずからそう声をかけた。

「十時隼人とやら、ゆるす、近《ちこ》うすすめ」「上意であるぞ」惣兵衛も促すので、隼人は支度を直して前へ進んだ。忠善は、じっとその顔を瞶《みつ》めながら、「そのほうのことは、かねて惣兵衛より聴いておる、唯今《ただいま》の試合ぶりもあっぱれだった、食禄《しょくろく》五百石で師範に召出したいと思うがどうか」「有難き御意を賜わり、おん礼を申上げまするが、御当家にはすでに師範として梶井どのもおいでになることとなのであり、憚《はばか》りながらかたく御辞退を申上げます」

「ああいや、十時氏しばらく」うしろから図書介が声をかけた、「唯今の勝負はまさしく拙者の敗北でござる、御前においてかく明らかに優劣がきまったからは、もはや師範の役は勤まり申さぬ、拙者は退身つかまつるゆえ、どうぞ御斟酌《しんしゃく》なくお受け下さるよう」

「……ほう」隼人は眼をみはり、びっくりしたようにふり返った、「唯今の勝負に負けたから、もはや師範は勤まらぬと仰しゃるか、……すると、仮に拙者が師範となっても、また別に兵法家がまいって試合をし、負ければ師範ができぬというわけですか」そこまでいうと、急に隼人の頬へかっと血がのぼった。かれは膝をはたと打ち、「ばかなことを仰しゃるな」と大喝した、「兵法は死ぬまでが修業という、技の優劣は、修業の励みでこそあれ、人間の価値を決めるものではないぞ、人の師範たる根本は『武士』として生きる覚悟を教えるもので、技は末節にすぎない、貴殿はその本と末とを思い違えておる、さようなことでは、今日までの御扶持に対しても申し訳はござらぬぞ」

図書介はいつか両手を膝に、ふかく面を垂れていた。技に負けたら勝つ修業をすればよいので、師範の勤めは技の優劣ではあるまい、その一言は図書介ひとりならず監物忠善はじめ老臣たちをも感奮させるのに充分だった。

「わたくしが御辞退つかまつるのは」と、隼人は忠善に向き直った、「べつに些《いささ》か、おのれの思案があってのことでございます、一言にして申上げれば……わたくしは兵法で、一国一藩のお抱えとなるのが目的ではございません、日本国いずれの地もわが道場、いずれの人もわがゆく道の同志門人と心得ます、一人でも多く『まことに武士として生きる心』を啓発してまいるのが、わたくしの望みでございます、どなたに限らず、一粒の扶持も頂戴《ちょうだい》する考えはございません」監物忠善には、もう云うべき言葉はなかった。ただこれほどの人物を眼の前にして、おのれの家臣にできぬ恨みだけが、苦しいほど切なくかれの胸をしめつけるのだった。

十時隼人は矢作橋が完成するまでいたが、完成すると間もなく、来たときと同じように飄然《ひょうぜん》と岡崎を去った。

「もうみんなに、薯粥《いもがゆ》のふるまいができなくなったからな」袂別《べいべつ》の朝、さいごの粥を啜《すす》りあいながら、隼人は笑ってそういった、「また何処か人足の稼ぎのあるところへゆくよ、そして青草原のあるところへ、……この二つさえあるところなら、どこでもおれの道場だ」それから餞別《せんべつ》としていって置くがと、かれは容《かたち》を正していった、「戦場へ出て、一途不退転のはたらきをするのには、日常の生きかたが大切だ、百石の侍に出世することよりも、足軽として誰にも劣らぬすぐれた人間になれ、それが正しい生きかただ、今日まで教えたおれの兵法の根本は、ここにある、それを忘れぬように……」こうして、十時隼人と妻の七重とは去った。しかしかれが去ってからあとで、彼の評判は却《かえ》って高くなった。さまざまな噂がうまれ、まことしやかな説がひろまった。

——十時隼人というのは仮名だった、あれは柳生《やぎゅう》家の十兵衛《じゅうべえ》三厳《みつよし》どのだというぞ。——いや十兵衛どのは隻眼だと聞いた、十兵衛三厳どのではなく主膳宗冬《しゅぜんむねふゆ》という人に違いない、たしかに顔に見覚えた者がいる。——そうだ宗冬どのに相違ない。そのほかにも当代剣聖の名がいろいろ出たが、どれが本当かは遂《つい》にわからずに終った。さもあらばあれ、心のこもった温かい薯粥の伝説は、岡崎人の心にながく忘れがたい印象となって残ったのである。

（新潮文庫『一人ならじ』に収録）

異聞浪人記

滝口　康彦

滝口康彦（たきぐち・やすひこ）
1924年長崎県生れ。57年、『高柳父子』でデビュー。58年『異聞浪人記』でサンデー毎日大衆文芸賞、59年『綾尾内記覚書』でオール新人杯（のちのオール讀物新人賞）を受賞。『主家滅ぶべし』や『かげろう記』などで計六度直木賞候補となった。85年に多久市文化連盟芸術文化功労賞を受賞。他に『日向延岡のぼり猿』『仲秋十五日』『拝領妻始末』などがある。2004年6月、逝去。

一

巷《ちまた》にはそろそろ涼風が立ち初《そ》めて、残暑のきびしさもいつとはなく忘れられがちとなった、寛永《かんえい》年間とある秋の昼さがりのことである。外桜田《そとさくらだ》にある、井伊《いい》掃部頭《かもんのかみ》直孝《なおたか》の屋敷の玄関先に、ぬうっと突っ立って案内を乞《こ》う浪人者があった。

あたりを威圧する堂々たる屋敷構えを目の前にしても、別段ひるんだ様子もないその男は、年の頃かれこれ五十五、六であろうか、一見したところ、いかにも尾羽《おは》打ち枯らしたというにふさわしい見すぼらしいなりだが、どことなく一癖ありげな精悍《せいかん》な風貌《ふうぼう》の持主である。肩はばの広いいかついからだつきで、がっしりした骨組みの太さが垢《あか》じみた着物の上からも容易に想像され、いずれはひとかどの武士のなれの果てに違いなかった。

どうしてこんな素浪人を通したのだ――とでもいいたげな一瞥《いちべつ》を表門の方へ投げて、軽く舌打ちした若い取次の侍が、

「何用あって参ったのだ」

軽侮の色をあらわにして高飛車《たかびしゃ》にたずねるのへ、その浪人は静かにいった。

「御迷惑ながら、御当家の玄関先をしばらく拝借させていただきたい」

男は津雲半四郎《つくもはんしろう》と名乗った。去る元和《げんな》五年六月、みだりに城普請《ぶしん》を行なったかどで改易の憂目に会い、その後いくばくもなく、信州川中島《しんしゅうかわなかじま》の配所に不遇の晩年を終わった、もと芸州《げいしゅう》広島の大守、福島左衛門大夫正則《ふくしまさえもんのたいふまさのり》の家臣であった。

——主家の没落後愛宕下《あたごした》の藩邸を出て、とある裏店《だな》に移り住み、細々と暮しを立てるかたわら、あれこれと伝手《つて》を求めて再度の主取《しゅうど》りを望んだが、すでに太平無事の時世とあっては、それもなかなか思うにまかせなかった。志を得ぬまま無為の日々を送るうちに、生活は窮迫の度を加える一方で、今日まではなんとか糊口《ここう》をしのいできたものの、もはやこれ以上の辛抱はなりかねる。このままむなしく陋巷《ろうこう》に呻吟《しんぎん》していつまでも生き恥をさらすより、武士らしく、いっそいさぎよく腹かっさばいて果てようと思う故、晴れの死場所に、願わくは、御当家の玄関先を貸してはいただけまいか——。

そんな意味のことを、津雲半四郎はかいつまんで述べた。思いのほかにさわやかな口上であった。

「またも来おったか、性こりもなく」

若侍から委細を聞くと、老職の斎藤勘解由《さいとうかげゆ》は、そういってにやりと笑った。何か妙に底意地の悪い笑い方だった。

「いかがはからいましょうか」

「よし、これへ通せ。そやつの面の皮ひんむいてくれよう」

若侍の案内で、津雲半四郎と名乗る浪人が間もなく姿を現わした。悪びれたさまもなくぴたりと座につくのを待って、斎藤勘解由はおだやかにいった。

「いつまでも陋巷にあり、座してむなしく窮死の日を待つよりも、むしろいさぎよく自決して、武士らしい最期をとげたい――そう申されるのだな」

直前に見せた冷酷な表情は、ぬぐったように消えていた。半四郎は無言でうなずいた。ひどく落着いたもの静かなその態度が、小面憎いくらいであった。

「とはまた、近頃珍しい見上げた御心底。ただただ感服のほかはない」

老獪《ろうかい》な勘解由はそういいながら、腹の中では別なことを考えていた。

――ふん。いい気になりおって。今に吠《ほ》えづらをかくまいぞ！

勘解由は、真面目くさった表情を少しも崩さず、心もち身を乗り出して、

「以前は、福島殿の御家中とやらうけたまわったが、ならばそこもとは、千々岩《ちぢわ》求《もと》

女《め》と申す男を御存じかな」

「千々岩求女――でございますか」

「さよう」

「一向に存じませぬが」

「ほほう、存ぜぬ――やはりもとは福島殿の家中と申したがの」

勘解由は急に、じろじろとなめまわすような目になって相手を見守ったが、津雲半四郎は平然としている。

そのとりすました顔面から、今にもすうっと血の気が退《ひ》いてしまうのだ――と、内心で舌なめずりしながら勘解由は、

「半年ほど前のことじゃ。千々岩求女と名乗る浪人が、当家をたずねて参ったのは――。それも、そこもとと同じ用件でな。晴れの死場所として、当家の玄関先を貸してもらいたいという――」

うわ目づかいに、またしてもじろりと相手の顔色をうかがった。それでもなお、津雲半四郎は眉《まゆ》一つ動かさぬ。

「お話し申そうかな。その時のいきさつ」

なぶるような、残忍な笑いが勘解由の口もとに刻まれたが、顔色を変えるでもな

く津雲半四郎はおだやかにいった。

「では、うけたまわりましょう」

二

芸州広島の福島家の浪人で、千々岩求女と称する年の頃二十七、八の男が、井伊家の玄関先へやってきたのは、桜には多少間のある早春のある日のことだった。浅黒くきりりと引きしまった男らしい顔だちながら、何か妙に暗い、陰気な影を背負いこんだようなその男は、玄関先に立つと、ちょうど今しがたの津雲半四郎と同じ口上を述べたのである。

巷には今、関ヶ原《せきがはら》以来の浪人が充満していた。以前は名ある浪人と見れば、諸侯は争ってこれを召し抱えたものだが、兵馬倥偬《こうそう》の時世が過ぎるともはや無用である。大坂の陣が終わり、吹く風も枝を鳴らさぬ元和の偃武《えんぶ》が謳歌《おうか》されるとともに、浪人は仕官の途を絶たれてしまった。

かてて加えて諸侯の改易が相続いた。外様《とざま》はむろんのこと、幕府の仮借《かしゃく》ない政略の前には、親藩、譜代といえども例外ではあり得なかった。

越後高田《えちごたかだ》の松平忠輝《まつだいらただてる》、広島の福島正則、久留米《くるめ》の田中忠政《たなかただまさ》、あるいは本多正純《ほんだまさずみ》、最上義俊《もがみよしとし》、蒲生忠郷《がもうたださと》――。

元和のなかばから、寛永の初めにかけて、改易、あるいは減封された諸侯の名は、数えるに暇《いとま》もないくらいであった。そして、主家の廃絶によって、いやおうなく路頭に投げ出されたおびただしい浪人の群は、うたかたのようにはかない仕官の望みを抱いて、その大部分が江戸《えど》へ集まっているのである。

それらの浪人たちのあいだに、諸大名の屋敷へ押しかけて、腹を切るからどうか玄関先を貸してくれと切り出すことが最近急にはやりはじめていた。もちろん、実際に腹を切るつもりなど少しもない。いわば、衣食に窮した浪人連の体《てい》のよいゆすりの手段である。

ことの起こりはこうであった。ある時、さる大名の屋敷を訪れた一人の浪人が生計立ちがたくこの上はいさぎよく自決したい。願わくは武士の情にこの玄関先をお貸しいただけまいかと、あふれるばかりの真情をおもてにして申し述べたのである。態度も見るからに堂々としており、それに弁舌もすこぶるさわやかであった。

見事なる心底、近頃奇特の振舞と、深く胸をうたれたその大名は、ただちに死を思いとどまらせるとともに、老職に命じて件《くだん》の浪人を家臣の列に加えたのである。

そのうわさは、旬日もせぬうちにたちまちぱっと江戸中にひろまって、そのうちに、二、三の者が逸早《いちはや》くそれにならい、他の大名のもとへ押しかけた。ある者は首尾よく召し抱えられ、そうでない者でも、面目をほどこした上にいくばくかの金子《きんす》を与えられた。こうなると浅ましいものである。我も我もとその真似をする者が続出して、狂言切腹が流行《はや》り風邪のように、浪人たちの間を風靡《ふうび》していくのであった。

少なくとも最初にこれを行動に移したものは、貧苦の中に身もがきしながら生きながらえるよりも、むしろいさぎよく死を選ぼうとする純粋な思いを、いくばくなりとも胸中に宿していたであろう。

だが、今では、そのような殊勝な心がけなど薬にしたくともなかった。我も我もと先を争って諸侯の屋敷に押しかけるあまたの浪人たちにとって、それはもはや、一時の窮迫を切りぬける生活の方便であり、体のよいゆすりでしかないのであった。

ほとほとこれに手を焼いたのは諸侯の方である。見え透いた嘘と知りつつなにがしかの金子を与えるのもばかなことだが、といって実際に玄関先で、腹を切らせる訳にもいかなかった。千々岩求女と称する浪人が、井伊家の玄関先に姿を見せたのはこんな時分であった。井伊家では初めてのことだった。

求女は極めて丁重な扱いを受けて、すぐに青畳の香りも新しい立派な一室に招じ入れられた。間もなく一服の茶が運ばれたが、そのあと誰もやってこない。随分久しい間待たせられたのち湯殿に案内された。

小ざっぱりとなって湯から上がると、湯殿の外には真新しい衣服が用意してあった。日頃垢《あか》じみたものをまといなれた肌に、心地よい柔らかさが伝ってくる。求女の顔は自然に明るくなっている。先刻、湯殿に案内される途中、おもてに好意をあらわして若侍にささやかれた言葉を反芻《はんすう》しているのかもしれなかった。

「殿が、お目通りを許されるとの由にございます」

若侍はそういったのだ。殿とは、夜叉《やしゃ》掃部と称される当主直孝のことである。目通りを許されるというのであれば、悪いことではないと見てよかった。

と、そこへ、沢瀉《おもだか》彦九郎《ひこくろう》という、恰幅《かっぷく》のよい中年の武士が顔を出した。そして、ていねいな口調で、

「お召し替えの用意ができております」

と意外なことをいう。

たった今、新しい衣服に着替えたばかりである。いぶかしいことをいう——求女が心中で小首をかしげるのには気もつかぬらしく、その武士は、

「どうぞこちらへ——」

慇懃《いんぎん》な態度で、最初の部屋へみちびいていった。その時まで、不思議なこととは思いながらも求女は、おのれを待ち受けている不幸な運命を知らなかった。

刀架にかけておいた自分の大小が、どこかへ持ち去られているのに、ふと求女が心づいた時、一方のふすまが開いて、若い前髪の小姓が入ってきた。うやうやしくその両手にかかえられたものに、ちらと目がふれた千々岩求女は、一瞬、雷にでもうたれたように愕然《がくぜん》となった。小姓によって運ばれたのは、まぎれもなく水色無紋の上下《かみしも》であった。

さっと青ざめた求女の顔に、じろりと冷たい一瞥《いちべつ》を与えて沢瀉彦九郎はいった。

「いかがなされた――」

柔らかな物のいいようだが、その裏には明らかに棘《とげ》があった。口もとに残酷な微笑さえ浮かんでいる。

――はかられた！

と、思いながらも、

「お目通りを許される由であったが――」

かろうじてそうたずねると、

「さような筈《はず》はない」

と、にべもない答えである。

そして、急に語調を変え、掌《てのひら》をかえすような態度で、沢瀉彦九郎は頭からずばりと浴びせた。

「さ、お召し替えを願おう。すでに用意万端ととのうておる、お望みどおり切腹なさるがよろしかろう」

三

話なかばにそわそわと落着きをなくし、今にも唇の色を失ってしまうものと、斎藤勘解由はひとりぎめに内心ほくそ笑んでいたのだが、予期に反して、津雲半四郎は一向おどろいた様子も見せなかった。いや、終始にこやかな微笑さえたたえていたのである。

何やら勝手の違うものを感じとって、勘解由は、

「いかがだな、今の話は」

相手の、得体のつかめぬ腹の中を読みとろうとでもするように、それが癖のうわ目づかいにじろりと見すえた。が、半四郎は、

「なかなかおもしろい話でござった。さすがは、赤備《あかぞな》えの名を謳《うた》われる、武勇の御家風と申すもの——」

しゃあしゃあとしていう。

こいつめ、いささかくえぬ奴。

さらばとばかりに、勘解由はずいと身を乗り出して、

「してそこもとはいかがなさるおつもりじゃ」

まさかさっきの口上通りに、真実腹を切るものとは思われぬ。強《し》いて虚勢を張っているのではないかと見た。しかし、

「とは、これのことでござろうか」

半四郎は、手真似で切腹の型をしめして見せる。

「うむ」

「あはは、御念には及びませぬ。初めからそのつもりで参ったこと故——」

こともなげな笑い方だった。

津雲半四郎が、庭前にしつらえられた切腹の座についたのは、それからほぼ半刻のちのことである。勘解由が、無紋の上下を用意させようとするのを、

「御無用に願いましょう。食いつめ浪人の最期には、このままがふさわしいと申す

もの」

と押しとどめて、なりはそのままだった。やや傾いた秋の陽が、荒けずりな半四郎の顔にかっと照りつけた。鬢髪《びんぱつ》のあたりには、さすがに老いのかげこそいちじるしいが、堂々たる男ぶりで、威風あたりをはらうものがある。切腹の場には、おもなる井伊家の家臣たちが詰めていた。それに目にもとめぬ風に、半四郎はゆっくりと斎藤勘解由を見上げ、

「本日はまことにもって御丁重なるおとりはからい、ただただかたじけなく、お礼の申しようとてもございませぬ。なおこの上の願いには――」

といって、一つの条件を切り出した。介錯人《かいしやく》に望みがあるというのである。

「誰を望みといわれるのじゃ」

「なろうことなら、沢潟彦九郎殿に御介錯をお頼みしたく――」

「彦九郎に――。それはまた何故かの」

「井伊殿御家中にても、ことに武勇のきこえ高き方とうけたまわるが故にございます」

ふむと勘解由は思案した。沢潟彦九郎はこのところ所労と称して出仕していない。その旨を告げると、津雲半四郎はつぎに松崎隼人正《まつざきはやとのかみ》の名をあげたが、これも病中で

あった。さらばと半四郎は、川辺右馬助《かわべうまのすけ》の名を最後にいった。ここに至って、

——はて?

斎藤勘解由の顔がつと曇った。その川辺右馬助も実は病気引きこもり中なのである。沢潟彦九郎、松崎隼人正とともに、家中でも錚々《そうそう》たる武辺者たることも同様であった。

しかも、今はじめて気がついたことだが、三名が三名とも、千々岩求女と称する浪人に遮二無二《しゃにむに》腹を切らせた時の首謀者なのであった。

——何かある?

斎藤勘解由は、ようやく相手の胸中に、容易ならぬ企《たくら》みが宿されていることを思い知った。

「御三方とも御病気とは——」

いかにも解《げ》せぬと、半四郎は不審のおももちをあらわした。

——有無いわさずぶった斬るか。

たかの知れた素浪人一匹、おっとりかこんで討ち果たすのは造作もない。すでに、この場の異様なありゆきに、家中の面々は殺気を顔にみなぎらせている。目くばせ一つですむことであった。それにここは、城郭と呼ぶにもふさわしい宏壮《こうそう》な屋敷の

うちである。

が、その勘解由の腹の中を見すかしでもしたように、半四郎はとっさに機先を制していた。言葉も対等にあらたまって、

「お待ちあれ！　お手出しは今しばらく御無用に願いたい。申しあげたき儀がござる。それを一通りお聞き願えれば、てまえは必ず切腹いたす。いや、寄ってかかってなますに刻まれようとも否やは申さぬ」

ずばりといった。身に寸鉄も帯びぬ相手にこう出られては、まさか手出しもなりかねた。

「申してみい」

「されば」

半四郎はじりりと前に出た。

「千々岩求女は、いかにもてまえが存じ寄りの者でござった――」

老年ながらただならぬ気魄《きはく》に満ちあふれ、精悍《せいかん》そのものと見える津雲半四郎の面上に、この時はじめて、すうっと悲哀のかげが宿された。

四

求女の父の千々岩甚内《じんない》と津雲半四郎は、かねて無二の仲だった。甚内は、主家の福島家が改易となって間もなく病没したが、その臨終の場に駆けつけた半四郎は、当時まだ元服したばかりであった、求女の後事を託されたのである。

福島家が改易されたのは、元和五年六月のことである。みだりに広島城の普請を行ったのが公儀の疑惑を招いたためであった。が、それは表面の理由に過ぎぬ。福島家はこれという咎《とが》なくしても、当然改易されるべき運命にあった。

慶長《けいちょう》十九年冬から、あくる元和元年夏にかけて両度にわたる大坂の陣が終わると、四海波静かな太平無事の世となったが、豊家恩顧の諸大名の中でも、芸州広島において四十九万八千余石を領する福島家は、肥後《ひご》の加藤《かとう》家と並んで、幕府にとっては目の上の瘤《こぶ》ともいうべき存在であった。何らかの理由をもってこれを除くことは焦《しょう》眉《び》の急ともいえた。

もともと広島城の普請は、福島正則自身が直接幕府の権臣、本多上野介《こうずけのすけ》正純を介して願い出たのちになされたのだが、それがとりかえしのつかぬ禍根を招いた。

思うつぼにはまったのである。

その時のいきさつを、一書にはこう伝えている。

——本多上野介正純につきて広島の城池を浚《さら》うべき旨を申す。申し上ぐべき由を答えられしが、御上京の事繁きにまぎれてそのことなかりしに、広島の城普請の事を聞《きこ》し召し怒らせ給いしに、正純其時《そのとき》驚きて正則の書翰《しょかん》を出されしに、証文の出しおくれとて、聞し召し入れられざるとなり……。

思うにこれは、権謀術数にたけた本多正純の肚裡《とり》にすでに福島家改易の企みがあり、故意に城普請に関する正則の書翰を手もとで握りつぶしていたものであろう。越度《おちど》を見出《みいだ》して咎めるのではない。あらかじめ取り潰《つぶ》すことを定めておいてしかるのちに有無いわさぬ罪状を作り上げる——これが幕府の常套《じょうとう》手段であった。

かくして、元和五年夏、主君正則は信州川中島の配所に移され、罪なくして衣食の途を絶たれた家臣たちは、思い思いに離散の運命をたどったのである。

千々岩求女の父甚内が、失意のうちに死んだのはそれから間もなくのことであった。

「半四郎、求女がことはくれぐれもおぬしに頼んだぞ——」

いまわのきわにいい置いた甚内の言葉が、昨日のことのように半四郎の胸によみがえってくる。

　老いた津雲半四郎の胸中には、凄《すさ》まじい暴風が吹き荒れていた。悲しみ、怒り、憎しみ——ありとあらゆる激情が、地軸を揺るがすような怒濤《どとう》となって、真っ向から襲いかかった。さっき、斎藤勘解由が得々とした口調で語るのを、半四郎は、気にもとめず聞き流す風に微笑さえ浮かべていたが、その実、彼の胸中には、にえくりかえるばかりの憤怒と憎悪が、傷ついたけもののようにのたうちまわっていたのである。

　斎藤勘解由の話を待つまでもなく、半四郎は、千々岩求女の無残な最期のさまを、知り過ぎるほど知っていた。

　なぶり殺しにひとしい求女の最期だった。

　計られたと知って、顔面蒼白《そうはく》となった求女が、作法通り白砂をまき、畳二枚を敷いた切腹の座についた時、周囲には、井伊家の侍たちが大ぜい集まって、一斉に好奇の目を見はっていた。

「千々岩求女殿とやら」

　麻上下《あさがみしも》に威儀を正して斎藤勘解由が、おもむろに声をかけた。

「浪々貧苦のうちに、座して窮死の日を待つよりも、いさぎよく腹かっさばいて果てんとは、近頃まことに奇特のお志。いや、武士は誰しもかくこそありたいもの。先代直政《なおまさ》公以来の、赤備えの武勇を誇る当家にも、そこもとほどの覚悟ある者は稀《まれ》であろう。大ぜいの侍どもも、まことの武士のあっぱれなる死ざまを拝見せんものと、ごらんの通り集まっておる。いざ、お心静かに」

初めからはかっていたことである。目にある最近の浪人どもの所業を伝え聞いた井伊家では、手ぐすね引いて待ちもうけていたのであった。

——赤備えの井伊家を知らんのか。

——素浪人、目にもの見せてくれるわ。

千々岩求女は、飛んで火に入る夏の虫であった。

赤備えとは、もともと甲州《こうしゅう》の飯富《おぶ》兵部《ひょうぶ》が創始したものという。井伊家ではそれにならったのである。

甲冑《かっちゅう》、旗差物、鞍《くら》、鐙《あぶみ》、鞭《むち》——その他一切のものを朱一色にぬりつぶしてしまう。その真紅の色が燦然《さんぜん》と輝いて、井伊の軍勢が疾風を巻いて行動を起こすさまは、紅《ぐ》蓮《れん》の炎が襲いかかるにも似て、壮観の一語につきた。

井伊の赤備え！

知らぬ者はなかった。大坂夏の陣の折、若江《わかえ》堤一帯の合戦に、城方の勇将、木村《きむら》長門守重成《ながとのかみしげなり》、山口左馬助《やまぐちさまのすけ》、内藤新十郎《ないとうしんじゅうろう》らを討ちとったのも井伊勢なのであった。

千々岩求女の額には、玉のような脂汗がにじんでいる。それを、露骨な嘲笑《ちょうしょう》の目が包んでいる。

「いかがなされたな」

にんまりという、斎藤勘解由の顔をひたと見つめて、

「お願いつかまつる」

求女は必死にいった。

「お願いじゃ。今しばらく御猶予されたい。今より一両日の御猶予が願いたい。逃げもかくれもいたさぬ。必ずこれへ戻って参る！」

「いまさら、世迷《よま》い言《ごと》は申さぬものじゃ」

つかつかと歩み寄ったのは沢潟彦九郎であった。

「御願いつかまつる！」

見上げる顔へ、かあっとつばが飛んだ。

「恥を知れ」

千々岩求女はさすがに憤怒に顔をゆがめ、きりきりと唇を噛《か》んだ。そこへ、あごをしゃくった勘解由の指図で三方《さんぽう》が運ばれてきた。三方にのせられたのは、短刀で

はなく求女自身の脇差《わきざし》であった。

「御自分の差添《さしぞ》えをお用いなさるよう、身どもがはかろうた。見事なる脇差をお持ちじゃな」

図に乗った彦九郎のあざけりに、求女はさながら悪鬼のような形相となった。脇差は竹光《たけみつ》だったのである。

「存分に引きまわされい」

介錯人が声をかけた。竹光で引きまわせるわけはない。しかし、千々岩求女は無言で三方の上に手を伸ばした。さすがに周囲の者が息を呑《の》む。と、求女はぐいと腹をくつろげて、思うさまに竹光を突き立てた。

介錯の際は三方の刀に、手がかかるや否やに、首を打ち落すのが普通である。それ故、短刀の代りに白扇を用いることもあった。それを扇腹《おうぎばら》と称したものである。だが、介錯人は白刃を手にしたまま、しばらくは求女の背後に突っ立っているばかりであった。

「切れ」

「ぐいと右へ引きまわすのじゃ」

周囲からどっとおこる、嘲罵《ちょうば》の渦の中で求女が舌を嚙みちぎった時、はじめて介錯人の白刃がひらめいたのである。

五

求女は半四郎にとって、単に亡き甚内に後事を託されていただけではない。求女の妻の美穂《みほ》は、実に半四郎鍾愛《しょうあい》の娘であった。

主家没落ののち、愛宕下の藩邸を立ち去る時は、美穂はまだあどけない少女に過ぎなかったが、その頃から死んだ母親似の、類《たぐ》い稀な美貌《びぼう》が人目を引いた。見るからに容貌魁偉《かいい》な半四郎の実の子と聞かされても、人目は明らかに半信半疑の体を見せたものである。

野の花を思わせる飾らぬ美しさは、浪々窮迫の生活の中にあっても、決してそこなわれることはなかった。美穂が十五、六になると、あでやかな容姿に目をつけた人々が、つぎつぎに屋敷奉公をすすめてきたし、しかるべき者の養女とした上で、さる大名の側妾《そくしょう》になどという話も、何遍も持ちこまれた。だが、半四郎は断固としてすすめをしりぞけた。

それをうべなえば、半四郎自身の運も、あるいは易々《いい》として開けたかもしれぬ。

半四郎はしかし、それらの話についに耳をかそうとはしなかった。娘の美貌を手づるに、おのれの栄達をはかることを、いさぎよしとしなかったばかりでなく、半四郎は、生前の千々岩甚内との約束を守ったのである。美穂は求女の許婚《いいなずけ》であった。

浪々の身であることを理由にして、あくまで固辞する求女を無理に説得して、かたちばかりの祝言をあげさせたのは、美穂が十八の折である。美穂にはむろん、異を唱えるところはなかった。

求女と美穂にとって、貧しいなりにも平安な日々がしばらく続いた。三年目に男の子が生まれ金吾《きんご》と名づけた。

半四郎は、一人の方が気楽だからと別に暮しを立てていたが、孫が生まれるとかなりな道のりがあるのもいとわず、暇さえあれば求女たちの長屋へやってきた。

かつては打物《うちもの》とった武骨な手に、金吾を抱き、魁偉な顔に、さまざまなおどけた表情をつくっては、孫を笑わせようとつとめるさまが、この上もなく微笑ましかった。そんな表情が、やはり幼い金吾にも通じるのか、いかつい爺《じい》さまに金吾はよくなついた。金吾は笑うとえくぼができた。

「こいつめ、武士たる者の倅《せがれ》が、えくぼなど見せおって」

そういいながらも、半四郎はいかにもうれしげであった。

「美穂も可愛かったがの、孫の可愛いのはまた格別じゃて」

そんな時の半四郎は、福島正則の麾下《きか》にあって、屈指の驍勇《ぎょうゆう》を謳《うた》われた頃の面影を、どこに置き忘れたのかと思われた。

幼い金吾の周囲には、絶えずさわやかな笑い声が平和なさざなみを立てた。そこには、愛宕下の藩邸にあって、衣食になんの不自由もなかった頃とはまた違った、ささやかな幸せがあった。だが、その幸せは、たとえば、はだか蠟燭《ろうそく》のあかりにも似て、頼りなく心細いものでもあった。さっと、一陣の突風が吹きつければ、瞬時にして消え去るに違いないはかなさを常に帯びていたのである。

禍日《まがつび》の黒い触手は、まず虚弱な美穂の上に差し伸ばされた。

金吾が三歳の正月をむかえた夜のことである。秋の初め頃から顔色も冴《さ》えなくなり、時々疲労を訴えていた美穂が、突然おびただしい血を吐いて昏倒《こんとう》した。

もともとが蒲柳《ほりゅう》の生まれつきで、かりそめの風邪にもすぐ床に臥《ふ》せりがちだった、繊弱《せんじゃく》な美穂の胸を、いつの間にか病魔は容赦なく蝕《むしば》んでいたのである。それに、弱いからだに鞭うって、無理な手内職をずっと続けていたのも悪かった。

小さな町道場の代稽古《だいげいこ》をつとめたり、暇を見ては、近所の子供たちに読み書きを教えたり求女はしていたが、それだけでは、親子三人の口を糊《のり》するのがせいいっぱいである。高価な薬を十分に求めるなど、思いも寄らぬことだった。

見る見る美穂は痩《や》せ細った。

あくる年——ことしの早春のある日、今度は金吾が頭痛を訴えた。額に手をやると微熱がある。

風邪でも引いたのかと寝せつけたが、二、三日経っても熱は引かなかった。近所に医者の心当たりはなかった。もしあったとしても、貧窮のどん底にあえいでいる浪人者の子をおいそれと見てくれよう筈《はず》もない。

求女は途方にくれた。頼みに思う美穂は、長らく床に就いたきり身動きもならぬ状態である。

金、金、金——。

一途《いちず》に金が欲しかった。折よく来合わせてくれた半四郎に、

「てまえにいささか心当たりがございます故、しばらく金吾をお願いいたします」

夕刻までには、いくばくかの金子を工面して、必ず帰ってくるからといい置いて、求女はどこかへ出かけていった。目を血ばしらせて出ていく、やつれたうしろ姿が、あまりにも痛々しく哀れで、

——不憫《ふびん》な奴よ。

半四郎は暗然たる呟《つぶや》きをもらした。このさまを亡き甚内が知ったらと、思っただけでも切なかった。

といってなんの手だても持ち合わせぬ半四郎である。金目になりそうなものは、とうの昔に売り払って生活の糧となっていた。

夕方になっても、求女は一向に戻ってこなかった。金吾が、あえぎあえぎ、しきりに痛苦を訴えた。そっと手をやると額が火のように熱している。

――あ！　こりゃあいかん。

狼狽《ろうばい》した半四郎は、つぎつぎに水を汲《く》みかえて濡《ぬ》れ手拭《てぬぐい》で、金吾の額を冷やしにかかったが、手桶《ておけ》の水はたちまち湯になってしまう。呼吸も次第に切迫して、はた目に見るのも苦しげだった。

長いこと病床につきっきりの美穂が、心配のあまり、我を忘れて蟷螂《かまきり》のような痩《そう》軀《く》を起こしかけるのを、

「ええい、そなたがおきあがったとて、金吾の熱が引くものか」

頭から叱りつけたものの、半四郎自身が、つぎつぎに襲いかかってくる強い不安と焦躁《しょうそう》にいたたまれぬ思いがした。不安というよりも、むしろ恐怖に近かった。

熱はひどくなる一方だった。軽い風邪くらいと、手をつかねているうちに、急激

に病勢が進んだものに違いない。

高熱に苛《さいな》まれて、金吾はあえぎ、身をよじらせて苦しがった。時おり、はげしいひきつけの発作が起こり、白眼が不気味に宙にすわった。

求女はついに帰ってこなかった。金吾をお願いしますといい置いて、蹌踉《そうろう》と出ていったのが、求女の姿を見る最後となったのである。

六

思い出すだに無念でならぬ。千々岩求女に遮二無二腹を切らせてしまった、井伊の屋敷でのいきさつは、たちまちつぎからつぎに尾鰭《おひれ》がついてひろがり、しばらくは江戸の市中は、寄るとさわるとそのうわさで持ち切りだった。

——さすがは井伊家。

——思い切ったことをしたものよ。

以後の見せしめのために、過激な手段に訴えた井伊家の断固たる処置を、ほとんどの者が支持し称揚さえした。浪人たちは一度にふるえ上がった。諸侯の屋敷に推参する浪人の群が、ぴたりとあとを絶ったのはいうまでもなかった。

それから七、八日も経ったある夕方のことだった。

「ざまあねえや。腰のものはなんと竹光だったって話よ」

少し酒の入ったらしい職人風の男が、連れにいい気持でしゃべっていた。

「ふん。竹光など差してやがる癖に、いさぎよく切腹つかまつりたいもないもんだ――」

いい気味だとばかりにそういいかけて、男は急にぎくりとして口をつぐんだ。いつきたのか背後に、五十五、六とおぼしい浪人者が、明らかに険悪な表情を浮かべて突っ立っていたのである。

手早く刀に反りをうたせて、

「それからどうだと申すのだ」

度を失って逃げる間もなく、男の頬がはっしと鳴った。よろめくところへ、

「いらざることを申すまいぞ。素町人の知ったことか」

はげしい言葉をたたきつけて、抜きうちにぶった斬りもかねない勢だった。

津雲半四郎はふらふらと歩き出した。

――うぬらの知ったことか！

あらがねに刻んだような、赤銅色の頬を伝わって涙がしたたり落ちた。

半四郎は孤独だった。求女は非業の死をとげ、金吾は、高熱に苛まれて、幼い、あまりにも短い生涯を終わっていた。それからものの三日とはせぬうちに、美穂もまた後を追ったのである。

一瞬の悪夢に似ていた。半四郎には、今にも路地の奥から、

「お爺《じい》さま」

と声をかけながら、金吾が走り出してくるように思われてならぬ。

――知らなんだ。わしはばかじゃ。求女許してくれい。

運びこまれた求女の屍《しかばね》にとりすがって、人目も構わず慟哭《どうこく》の声を放った半四郎だった。求女の脇差《わきざし》が竹光だったと、その時はじめて知ったのである。大刀も、竹光でこそないものの、まさかの役にも立ちそうにもない鈍刀だった。

暮しのため、美穂の薬餌《やくじ》の代《しろ》にするため、とうに手放していたのである。大小ともに生前の甚内が自慢の業物《わざもの》であった。それを惜しげもなく売り払っていたのか。

――求女よ許してくれい。

おのれのうかつが、いまさらのようにうらめしかった。求女がそれほどまでに、美穂のために心を労していたとは知る由もなく、半四郎は、こればかりはと腰の両刀を後生大事にしてきたのである。

――さもしいことをするものよ。

かねて諸大名の屋敷に押しかける浪人たちの振舞を、苦々しく慨嘆していた求女が、目をつぶって同じ所業を見ならったのも、よくよく切羽づまってのことだった。

求女を見す見す殺してしまった、おのれのうかつさもさることながら、あまりにも無残な井伊家の処置に対しても、いいようのない怒りが湧いた。その怒りが、今日までの半四郎を支えていたといってもよい。

斎藤勘解由をはじめ、居並ぶ武士たちを見渡して、半四郎はいった。

「いずれもお聞き願いたい。いかに衣食に窮してのこととはいえ、真実腹かっさばくつもりもなく、玄関先を借り受けたいと諸侯のもとへ押しかけた浪人者のあさましい所業はもとより言語道断のことながら、千々岩求女に対しての方々のなされかた――てまえは無念でなりませぬ。武士たるものが死のどたん場で、恥も外聞もなく、一両日がほどの御猶予を願いたいと訴えたは、よくよくの事情があればこそ。せめて一言なりとも、いかなる理由あってのことか、問いただすほどの思いやり、方々にはなかったものか」

逃げもかくれもせぬ。一両日ののちには必ず戻ってくると明言した筈である。それを違える求女では決してない。

武士は死を貴ぶという。生涯のすべてをその死の一瞬にかけるという。しかも、求女にはそれができなかった。思わぬことから腹切る羽目に立たされたとはいえ、いったん死に直面した以上、おのれの不運を甘受して、一切を擲《なげう》ち求女は見事に死ぬべきであったであろう。だが、求女にはそれができなかった。

妻は瀕死《ひんし》の床にあえぎ、いとけない金吾はしきりに痛苦を訴えていた。一両日のうちに、できうるかぎりの手をつくして、委細を半四郎に託したのち、井伊の屋敷へふたたびとってかえそう求女の心だったに違いない。

それが半四郎にはよくわかる。

いかに武士とはいっても、しょせんは血の通うた生身の人間である。霞《かすみ》を食って生きていけるものではない。妻子をかかえてはなおさらであった。その妻子故に、どたん場に追いつめられて求女ほどの男が血迷ったのかと、思えば不憫《ふびん》でならぬ半四郎だった。

「竹光浪人などと申して、町人小者の末に至るまで、求女がみれんをあざけり笑《わろ》うたことはまぎれもない。だが、たとえ、千人万人の者が異口同音に笑おうとも、てまえだけは、笑うつもりには決してなれぬ。いや、よくぞ血迷うたというてやりたい」

人それぞれの心は、とうていはたからはうかがい知れぬものである。笑う者はどこまでも笑うがよい。幕府の仮借《かしゃく》ない政略のため罪なくして主家を亡《ほろ》ぼされ、奈落《ならく》の底にうごめいている浪人者の悲哀は、衣食に憂いのない人々には、しょせんわかってもらえることではなかった。血迷った求女のみれんをあざけり笑ったその人々が、同じ立場に立たされた時、どれだけのことができるというのか――。

射すくめるような半四郎の強い視線を浴びて、斎藤勘解由の顔には、一瞬、明らかな動揺の色が見てとれた。しかし、それも瞬時のことである。勘解由の口もとには、すぐにふてぶてしい笑いが刻まれた。

「ふん、世迷い言はそれだけか」

半四郎は衣紋《えもん》の崩れを直していった。

「津雲半四郎、この世に思い残しとてはさらにない。存分に腹かっさばいてごらんにいれよう。ただし、先ほども申した通り、介錯人には沢瀉彦九郎殿」

「彦九郎は病中じゃ」

「はて、心得ぬ。松崎殿、川辺殿もまた同様じゃ、病いとは解せぬ。斎藤殿」

半四郎は会心の微笑をもらしてずばりといった。

「赤備えの武勇を誇る御当家におかれても、武士の面目とは、しょせん人目を飾るだけのものと見受けますするな」

七

所労引きこもり中とは嘘である。半四郎はそれを承知している。ことの仔細《しさい》を十分に知っているのは、半四郎を除いては、当の三名の者ばかりであった。

沢潟彦九郎

松崎隼人正

川辺右馬助——。

求女が井伊の屋敷で非業の死をとげたその時の、くわしいいきさつを知った瞬間から、最も強硬な態度をとったと目されるこの三名を、半四郎はずっとねらい続けていたのである。

それほどまでにしなくてもというのを振切って、求女に竹光で腹を切らせようとしたのは彦九郎だった。介錯は松崎隼人正、彼らの提案を強硬に支持したのは、川辺右馬助であった。

三名の顔をまず覚えたが、それからもなかなかよい折はなかった。無為の日が続いた。三月経ち四月経ちしても、半四郎はあきらめなかった。老いの執念をただ一つにかけて日を送ってきたが、今から約半月ほど前に、この三名を次々にとらえることができたのである。

半四郎はまず沢瀉彦九郎を、所用の帰りと覚しい路上にとらえた。見えがくれにあとをつけていた半四郎は折よく人通りの絶えたのを見すまして、早足に追いすがり声をかけた。

「待たれい。沢瀉彦九郎殿であろう」

あたりには宵闇がたちこめていたし、それに、宏大《こうだい》な屋敷の塀外だった。その先は空地が続いていた。究竟《くっきょう》の場所である。

「何者だ」

振りかえったその鼻先に音もなく、すうっと刀のきっ先が伸びていた。

「何をする。人に怨《うら》みを受ける覚えはない」

「――――」

「名を名乗れ」

「――――」

半四郎は無言のままである。白刃は正確に相手の胸もとに迫った。彦九郎は戦慄《せんりつ》した。自身がよくできるだけに、相手の容易ならぬ業が彦九郎にはよくわかる。段違いなのである。

相手の正体のつかめぬのが、彦九郎の恐怖を倍加させた。怨みを受ける覚えもないのにここで斬られるのかと日頃にもなく浮足立った。抜き合わせるゆとりもない彦九郎の胸もとへ、胸もとへと、なぶるように相手の白刃が伸びてくるのだ。ただ、そのきっ先は、少しも殺害の意志をしめしていないようにも思えた。

彦九郎は、おそろしく長い時間の経過を感じていたが、その実、まだいくらもたっていない。思うままに追いつめておき、

「抜け」

半四郎は一たん刀を手もとに引いた。ようやく抜き合わせたとたんに、またすうっときっ先が伸びて右の袖《そで》をはらわれた。つぎには左の袖が切られた。襟が切られ帯が切られた。

「人違いじゃ。許せっ」

思わず彦九郎は叫んでいた。

「命の代りに髷《まげ》をもらうぞ」

言葉の終わらぬうちに、彦九郎のもとどりがぷっつと飛んだ。半四郎は叫んだ。

「千々岩求女を覚えているか！」

それから二、三日を置いて、つづけざまに松崎、川辺両名のもとどりを切った。もとどりを切り落された三名が、それぞれ前後して所労と届け、自邸に引きこもっていることを確かめた半四郎は、今日の昼さがりに、飄然《ひょうぜん》として、井伊家の玄関先へ姿を現わしたのである。

もとどりを切られた不始末を、彼らは、ひたかくしにしているに相違なかった。人に知られては、病気引きこもりなどではすまされぬ筈《はず》である。

「赤備えの武勇を誇る御当家においても、武士の面目とは、しょせん人目を飾るだけのものと見受けまするな」

ずばりといってのけた時斎藤勘解由は顔面蒼白《そうはく》となっていた。この場に居合わせた井伊家の武士たちは、一斉に殺気立ち、早くも殺到の気配を見せている。

津雲半四郎は冷たく笑った。もはや惜しい命ではない。求女も、美穂も、そして、老いの身に唯一のなぐさめであった幼い孫の金吾も——すべて死んでしまっていた。残されているのは、もはや浪々窮迫の暮しのみじめさだけである。今は半四郎を引きとめる何ものもなかった。

「これなる品、三名の方へお届け下されい」

半四郎は、ふところから取り出した三つのもとどりを、無造作に斎藤勘解由の足もとに投げた。

その一つ一つに井伊掃部頭様御家来、なにがし殿御髻《おんもとどり》——と記した紙が結びつけてあった。

津雲半四郎が、乱刃に斬り苛《さいな》まれて息絶えたその時刻とほぼ前後して、沢潟彦九郎ら三名は、それぞれ自邸の一室にこもって割腹していた。三名とも、同じような書状を受け取っていたのである。

——先般御預り申候貴殿の御髻、本日、尊藩御家老のもとへ御届けに及び候。

（河出文庫『異聞浪人記』に収録）

鬼の影

葉室　麟

葉室麟（はむろ・りん）
1951年北九州市小倉生まれ。西南学院大学卒業後、地方紙記者などを経て、2005年、「乾山晩愁」で歴史文学賞を受賞しデビュー。07年『銀漢の賦』で松本清張賞、12年『蜩ノ記』で直木賞、16年『鬼神の如く　黒田叛臣伝』で司馬遼太郎賞を受賞。他の著書に『実朝の首』『橘花抄』『川あかり』『散り椿』『さわらびの譜』『風花帖』『峠しぐれ』『蒼天見ゆ』『天翔ける』『青嵐の坂』など。17年12月、逝去。

一

男は三味線《しやみせん》を抱えて底響きする声で唄《うた》った。

更けて廓《くるわ》のよそほひ見れば
宵《よひ》の燈火《ともしび》うちそむき寝《ね》の
夢の花さへ散らす嵐のさそひ来て
閨《ねや》をつれ出すつれ人をとこ
よそのさらばも猶《なほ》あはれにて
内も中戸《なかど》をあくるしののめ
送る姿の一重帯
解《と》けてほどけて寝乱れ髪の
黄楊《つげ》のつげの小櫛《をぐし》も

さすが涙のはらはら
袖《そで》に、こぼれて袖に
露《つゆ》のよすがの憂きつとめ
こぼれて袖に
つらきよすがのうき勤め

唄い終えて男が三味線を置くと、はなやかな衣装に身を包み、脂粉《しふん》の香を漂わせた娼妓《しょうぎ》の夢橋《ゆめはし》と夕霧《ゆうぎり》が手を叩《たた》いて嬌声《きょうせい》をあげる。

「ええ声やなあ」

「ほれぼれしますえ」

池田久右衛門《いけだきゅうえもん》は盃《はい》を口もとに運びつつ、

「さすがに戸張《とばり》殿は達者でござるな」

と笑った。頭を剃《そ》り上げて体つきはがっしりとした戸張甚九郎《じんくろう》は、夢橋に酌《しゃく》をされつつひとのよさげな顔で、

「池田様がつくられた歌詞がええさかいや。まことによい唄ですな〈里げしき〉は――」

と愛想よく答えた。

甚九郎は拙庵《せつあん》と号して伏見《ふしみ》で医者をしているが、親の遺《のこ》した財産がたっぷりとあるらしく、医業もそこそこに遊里《ゆうり》に出入りして遊び歩いていた。

ここは京、伏見の撞木町《しゅもくまち》の妓楼《ぎろう》、笹屋《ささや》である。撞木町は京街道、大津《おおつ》街道が分岐する地で芝居小屋があり、遊郭が軒《のき》を連ねている。

撞木町の遊女は太夫《たゆう》はおらず、下級の天神《てんじん》、囲《かこ》い、半夜《はんや》などだけだが、それだけに金もかからず、気楽に遊べることから遊客に好まれていた。撞木町という町名は地形が撞木に似ていたのでつけられたという。

久右衛門のかたわらに控えて、もてなしていた笹屋の主人清右衛門《せいえもん》も、

「さすが涙のはらはら、袖に、こぼれて袖に、露のよすがの憂きつとめ、こぼれて袖に、つらきよすがのうき勤め、とはまことに哀しくせつない唄でございます。池田様はお武家やのによく作られました」

とため息をついて言った。

「武家とはいっても、主家を失った浪人者、世渡りの哀しさぐらいはわかるようになったということかな」

久右衛門はしみじみと言った。夕霧が久右衛門にしなだれかかり、酌をした。

「それでも、お武家はお武家、地獄に暮らす遊女の辛《つら》さはおわかりにならしまへん」

「そうか、ここは地獄か」

「へえ、まことに楽しい地獄どす」

夕霧がなおも言うと、清右衛門が苦笑した。

「これ、さように申しては座興の妨げや」

久右衛門は盃を干して、

「なんの、まことにこの世は地獄やと思えばこそ、酒も女も身に染みる」

筆と硯《すずり》を持ってきてくれ、と久右衛門は言った。清右衛門が手を叩き、小女《こおんな》に言いつけると、すぐに筆と硯が用意された。

久右衛門は立ち上がると、白い襖《ふすま》に向かって硯を手に筆をとった。

今日亦逢遊君　空過光陰
明日如何　可憐恐君急払袖帰
浮世人久不許逗留　不過二夜者也

甚九郎が、すぐに声をあげて読み下していく。

今日また遊君に逢ひて、光陰空《むな》しく過ぎる
明日はいかならん、憐《あは》れむべし恐らく君急に袖を払ひて帰らん
浮世人の久しく逗留《とうりう》するを許さず、二夜を過ぎざるものなり

読み下した甚九郎は感に堪えたように、

「なるほど、粋《いき》なものやな」

と言った。清右衛門もうなずく。

「池田様はまことに粋人どす」

久右衛門は黙って盃を重ねる。

その表情にわずかな翳《かげ》りがあるのに気づいているのは、馴染《なじ》みの夕霧だけだ。

池田久右衛門とは仮の名である。

久右衛門の本名は、

——大石内蔵助良雄《おおいしくらのすけよしたか》
だった。

元禄《げんろく》十四年（一七〇一）三月十四日、江戸城中松之廊下において、高家《こうけ》筆頭の吉《き》良《ら》上野介《こうずけのすけ》義央《よしひさ》を小刀《ちいさがたな》で切りつけ傷を負わせる事件を起こした浅野《あさの》内匠頭《たくみのかみ》長矩《ながのり》につかえた筆頭家老である。

刃傷《にんじょう》により長矩は切腹、城地収公の裁断が直《ただ》ちに行われた。この報告が赤穂《あこう》に伝えられると家中は混乱し、城明け渡しを拒み、城を枕に討ち死にすべきだ、あるいは吉良上野介への主君の恨《うら》みを晴らすべきだなどと論議は沸騰した。

大石はこれらの意見をふたつにまとめた。ひとつは長矩の弟、浅野大学長広《だいがくながひろ》によ る浅野家再興を願い出ること、さらに城中での喧嘩《けんか》は両成敗であるべきだとして吉良の処分を求めることだった。この際、大石は藩士が結束してことにあたるよう、

——義盟

を結んだ。これが後々、藩士たちを縛ることになる。

大石は家中を鎮《しず》め、四月十九日には赤穂城を受城使に無事明け渡した。さらに藩札交換や家中の割賦《わっぷ》金《きん》支給などの煩雑《はんざつ》な事務も滞りなく行った。

そして六月に京都郊外の山科《やましな》に移り住んだ。

隠棲《いんせい》先として山科を選んだのは、浅野家の物頭《ものがしら》役四百石で大石の親族である進藤《しんどう》源四郎《げんしろう》の縁地で、近隣の江州石山《ごうしゅういしやま》の東の大石村には大石家の縁者が多かったからだ。

この時代、幕府の取り締まりが厳しく浪人が住居を構えるには庄屋《しょうや》や村役人の許可が必要だった。

大石は進藤源四郎を元請人として千八百坪の土地を買い、移り住んだのだ。

山科は京の東山《ひがしやま》と逢坂山《おうさかやま》との谷間の盆地で、東海道に近く京都や伏見にも近いなどの便がよかった。

大石は日頃、自らを表さない性格で、

――昼行燈《ひるあんどん》

のあだ名すらあったが、主君の刃傷事件以後は果断な処理を行い、周囲にとって意外な器量を見せた。しかし、山科に移ってからは、遊興にふけり、あたかももとの凡庸に戻ったかのようである。

大石が傷ついた獣が癒《い》えるのを山中で待つように山科に潜《ひそ》んでから、ちょうど一年がたった。

元禄十五年六月――

すでに浅野内匠頭の切腹から一年三ヵ月が過ぎようとしていた。

この夜遅くなって大石は駕籠《かご》を呼んでもらい、帰宅の途についた。どのように遊んでも郭《くるわ》に泊まらないのは、上士であった者の行儀のよさだった。

撞木町に通う遊客は、

――白魚大臣《しらうお》
などと呼ばれる。

京から撞木町までの駕籠代が五匁《もんめ》二分《ぶ》で駕籠代と遊び代が同じくらいだということから、竹籠《たけかご》代のほうが高い白魚にちなむのだという。ちなみに当時、京の祇園《ぎおん》で遊べば三十匁はかかった。

駕籠に乗った大石は酔ってあたかも白魚のようにぐったりとして居眠りしていた。

だが、突然、駕籠が止まった。

駕籠かきが、悲鳴をあげるのと、駕籠のたれを白刃が貫《つらぬ》くのが同時だった。大石の鼻先に刃が突きつけられた形になった。

大石は眉《まゆ》ひとつ動かさず、

――何者だ
と声を発した。駕籠の外から男の声がした。

「堀部《ほりべ》でござる。行いを改められよ。さもなくば次にはお命を頂戴《ちょうだい》いたす」

言い終えると同時に白刃は駕籠の外へ引き抜かれた。

大石がたれをあげてのぞき見ると、月光に笠《かさ》をかぶった大柄な浪人者が撞木町の方角に悠然《ゆうぜん》と立ち去っていくのが見えた。

「安兵衛《やすべえ》か。やはり、あ奴《やつ》は斬らねばならぬか」

大石はたれを下ろしてからつぶやいた。

浅野家旧臣はいったん御家再興の方針でまとまったが、その後、江戸の堀部安兵衛や奥田《おくだ》孫太夫《まごだゆう》らは、吉良義央を討つべきだと声高に主張するようになっていた。

安兵衛は大石に対して江戸に下向するよう求めて何度も書状を送ってきた。

その内容は、

「亡君が命をかけた相手を見逃しては武士道が立たない、たとえ大学様に百万石が下されても武門としての面目は立たない」

というものだった。

大石は、安兵衛からの書状が届くたびに、

——愚かな
と吐き捨てるように言って書状を読み捨てた。大石は浅野内匠頭長矩の弟である大学による浅野家再興を目指して動いてきた。

浅野家の祈禱《きとう》所、遠林寺《おんりんじ》の僧侶祐海《そうりよゆうかい》を伝手《つて》にして、綱吉《つなよし》の生母桂昌院《けいしょういん》に影響力があった神田護持院《かんだごじいん》の隆光大僧正《りゅうこうだいそうじょう》に誼《よしみ》を通じた。

隆光は将軍綱吉に生類憐《あわれ》みの令を勧めた僧として世間の評判が悪かったが、そんなことには、かまっていられなかった。

大石は隆光に金品を送り、大奥に働きかけた。さらに、祐海に、

——柳沢様《やなぎさわ》への御手筋はこれあるまじく候や。柳沢様ご家老平岡宇右衛門《ひらおかうえもん》、これへとくと手寄り申し含め候はば、柳沢様お耳へも達し候やうに成るべく候
と手紙を送り、綱吉の寵臣《ちょうしん》、柳沢吉保《よしやす》を動かすことはできないかと模索していた。だが、はかばかしい成果があがらず、さすがの大石も焦慮《しょうりょ》した。

それだけに、急激に仇討《あだうち》を目指すようになった江戸の安兵衛たちが頭痛の種だった。しかも、放っておけば江戸の者たちだけで突出して吉良を討とうとするかもしれない。

やむなく大石は、安兵衛らを鎮撫《ちんぶ》すべく、昨年九月中旬に原惣右衛門《はらそうえもん》と潮田又之丞《うしおだまたのじょう》、中村勘助《なかむらかんすけ》の三人を江戸に派遣した。

原は浅野家で三百石、足軽頭《あしがる》の上士だった。潮田は絵図奉行、中村は祐筆役《ゆうひつ》とい

ずれも旧藩で身分があった者たちだった。さらに進藤源四郎と大高源五《おおたかげんご》も江戸に向かわせた。

しかし江戸入りした五人は安兵衛に説得されると、たちまち仇討に同意して江戸急進派に加わった。安兵衛たちは、

「もし、大石殿が動かないようであれば、原惣右衛門を旗頭にして吉良を討とう」

と申し合わせるまでにいたった。

このとき、赤穂の旧臣は二派に分かれたのだ。事態を憂慮した大石は昨年十一月、自ら江戸に下り、安兵衛らと元浅野家出入りの日傭《ひよう》頭、前川忠太夫《まえかわちゅうだゆう》の三田《みた》の屋敷で会談した。大石は、

――浅野大学様の安否を聞き届けない内はどのような考えも大学長広様の為にならない。し損じればかえって害となる

と安兵衛を抑えた。

あくまで御家再興を優先する大石と一刻も早い仇討を主張する安兵衛は折り合わなかったが、大石は長矩の一周忌となる翌年三月十四日を待っての決行を安兵衛に

約束して京都へ戻った。

大石がはぐらかしたとも言えるし、安兵衛が仇討の約束をとりつけたとも見ることができる会談だった。

このとき、大石の胸には一周忌までには浅野大学の閉門が解け、浅野家再興の話も進むのではないかという期待があった。

だが、事態は好転せず、御家再興をめざす大石は手詰まりとなった。一周忌が過ぎても動きを見せない大石に安兵衛は憤《いきどお》りを募らせ、今月になって上洛《じょうらく》していた。

しかし、京に入った安兵衛は大石のもとに姿を見せず、上方《かみがた》の浅野家旧臣たちを訪ね歩いていた。もはや、大石を見限り、ひとりでも多く、仇討に加わる者を増やそうとしているようだ。

そんなことを大石が考えていると、ようやく気を取り直した駕籠かきが、

「旦那《だんな》はん、急いで山科へ参ります」

と大石に声をかけて駕籠をかつぎなおした。

「急がぬでもよい。ゆっくりと参れ」

大石はのんびりと言いつつ、胸の中では安兵衛をどうやって斬るかと算段をめぐらしていた。

（高田馬場《たかだのばば》で十八人斬ったという安兵衛が相手だ。容易ではないな）

大石は考えつつあくびをして、いつの間にか目を閉じて寝込んでいた。本来、大胆不敵な性格なのだ。

その様は眠り猫のようである。

二

翌日朝、大石は京の小野寺十内《おのでらじゅうない》に、相談いたしたきことあり、と使いを出した。

十内はその日、夕刻には山科の大石宅にやってきた。

「早《は》や、来ていただきありがたい」

十内は穏やかな笑みを浮かべる。この年、六十歳。

大石は年上でもあり、永年、京都留守居《るすい》役を務め、赤穂随一の歌人とも言われる十内に敬意を表して頭を下げた。

「何の――」

十内は言いながら家にあがり、居間で大石の前に座った。間もなく大石の妾《めかけ》である可留《かる》が茶を持ってきた。

可留は色白で目がすずしく、ととのった顔立ちだ。十九歳である。

生家は京都二条寺町《にじょうてらまち》で出版業とも古道具屋をしていたとも伝えられる。又、京都島原中之町《しまばらなかのちょう》の娼家の女だったともいう。

それにしても四十四歳になる大石とは不釣り合いであり、しかも大石はおよそふた月前の四月に長男主税良金《ちからよしかね》をのこして妻のりくを離別している。

大石が何のために妻を去らせたのか旧赤穂藩士の間でも話題になった。

ある者は来るべき仇討で妻子に累《るい》が及ばないようにするためだろう、と推察し、別な者は撞木町での遊びが激しくなり、妻に愛想をつかされたに違いない、などと言った。

いずれにしても妻を離縁後、若い女を家に入れた大石の評判は芳《かんば》しいものではなかった。

ちらりと可留の顔を見てから十内は茶を喫した。

十内は京、堀河《ほりかわ》の堀川塾で古義《こぎ》学を伊藤仁斎《いとうじんさい》に学んでいる。学識においても赤穂藩で抜きん出ていた。

後に赤穂浪士のひとりとして討ち入りを果たした後、仁斎の長男で私塾を継いだ伊藤東涯《とうがい》は、十内のことを手紙で、

——かねて好人とは存じ候へども、か様ほどの義者に御座候とは思ひかけず候

と書いている。

仁斎の塾で十内はその人柄を認められていたのだ。また、愛妻家としても家中に知られていた。

武具奉行百五十石の灰方佐五右衛門《はいかたさごえもん》の娘である妻の丹《たん》は、十内同様に和歌を嗜《たしな》んだ。十内は討ち入り後、丹に手紙で、

——我等御仕置にあふて死ぬるなれば、かねて申しふくめ候ごとくに、そもじ安穏にても有るまじきか。さ候はば予《かね》ての覚悟の事驚き給ふ事も有るまじく、取り乱し給ふまじきと心易く覚え申し候

と書いた。

吉良義央を討ったからには、息子の幸右衛門《こうえもん》とともに幕府の仕置きによって死を与えられることはかねて覚悟している。

そのことはかねて言い含めていたから驚くようなことはなく、取り乱すこともないだろう、と安心している、という内容の手紙には、丹をいつくしむ心と信頼があふれていた。手紙には、

まよはじな子と共に行く後の世は
心のやみもはるの夜の月

との和歌が添えられていた。

十内の切腹後、丹は夫の名を彫った墓石を東山仁《に》王門《おうもん》通り西方寺《さいほうじ》に建て、四十九日の仏事の後、京都猪熊五条下《いのくまごじょうさが》ル日蓮《にちれん》宗本圀寺《ほんこくじ》の塔中《たっちゅう》、了覚院《りょうかくいん》で絶食して自らの命を絶った。

たがいをいとおしみ、命をともにする覚悟のある夫婦だった。

十内は大石の顔を見ながら、

「さて、ご用事は堀部がことでございますか」

と言った。大石はにこりとした。

「さすがに察しがよいな」

「堀部は上洛いたしたようでございますが、まだ姿を見せませぬか」

十内はうかがうように大石を見た。

「おそらく上方で同志を募っているのだ。集められるだけの者を集めたならば、わたしに直談判して仇討《あだうち》に立たせようというのだろう」

「そのときはいかがなさいますか」

「山鹿《やまが》流兵学により処分いたす」

大石は平然と言った。

赤穂藩には山鹿素行《そこう》の軍学が伝わっている。素行は奥州会津《おうしゅうあいづ》生まれで、七歳の時、父に従って江戸に出た。儒学を林羅山《はやしらざん》に、兵学を軍学者の小幡景憲《おばたかげのり》と北条氏長《ほうじょううじなが》に学んだ。二十一歳の時に兵学者として独立し、

――山鹿流兵学
を創始した。諸大名に招かれ、多くの門人を抱えた。すでに大坂の陣も終わり、太平の世となっていたが、武士に儒教道徳を求め、武士のあるべき姿として、

――士道
を提唱したのが特色だった。しかも素行はこの時期の官学であった朱子《しゅし》学が現実から遊離しているとして士道を提唱したのだ。

素行は朱子学を批判した『聖教要録』を刊行したことから幕府の忌諱《きき》にふれて、寛文《かんぶん》六年（一六六六）四十五歳の時に赤穂に流罪《るざい》となった。

赤穂に流され、十年を過ごした後、ようやく江戸に戻った。

この間、浅野家中で素行の教えを受ける者は多かった。大石も八歳から十七歳まで素行の教えを受けたのである。

「堀部の動きは抜け駆けだと思われるのでございますな」

「そうだ。山鹿流では、抜け駆けは勇士の本意にあらず、抜け駆けの者ひとりある時はその備え全からず、軍法正しからざるものなり、とある。ゆえに腹を切らせねばならぬところだが、堀部は応じまいから斬るしかない」

「さて――」

十内は眉《まゆ》を曇らせた。

「あの男はもともと浅野家中ではない。しかたがないことかもしれんが、武士たる者の道は御家安泰につくすことにある。わが大石家は浅野家が常陸笠間《ひたちかさま》の城主であられた頃から仕えて足軽頭を務め、その後、代々浅野家筆頭家老の家柄となった。父が若くして亡くなったゆえ、わたしは十九歳で家督を継ぎ、二十一歳で浅野家筆頭家老となった。堀部とは背負っているものが違う」

大石はきっぱりと言った。

安兵衛は、越後《えちご》国新発田《しばた》藩溝口《みぞぐち》家家臣の中山弥次右衛門《なかやまやじえもん》の長男として新発田城下外ケ輪《とがわ》で生まれた。

母は安兵衛が幼いときに病で亡くなり、その後は父に男手ひとつで育てられた。

だが、安兵衛が十四歳のとき、城の櫓《やぐら》から失火した責任をとって弥次右衛門は主家を追われて浪人となった。

間もなく弥次右衛門は病死、安兵衛は元禄元年（一六八八）、十九歳で江戸に出た。小石川牛天神下《こいしかわうしてんじんした》にある堀内源太左衛門正春《ほりうちげんたざえもんまさはる》の道場に入門した。剣の才を顕《あらわ》して堀内道場の四天王のひとりと呼ばれるようになった。

そんな中、元禄七年二月、同門で叔父甥《おじおい》の義理を結んでいた伊予《いよ》国西条《さいじょう》藩松平《まつだいら》家家臣菅野六郎左衛門《すがのろくろうざえもん》が、高田馬場で果し合いをした際、助太刀を買って出て、相手方三人を斬った。

この決闘での活躍で武名が高まった安兵衛を赤穂浅野家家臣、堀部金丸《あきざね》が婿《むこ》養子に望んだ。安兵衛は中山家の嫡子《ちゃくし》であることを理由にいったん断った。

だが、金丸は諦《あきら》めず、それでもかまわないからと言い張り、安兵衛は根負けして婿入りした。さらに金丸が隠居すると堀部家の家督を継いだのである。

このため安兵衛は浅野家では新参者の扱いを受けていた。それだけに安兵衛は自らの武名をあげようとしているのではないかと大石は思っていた。

「堀部は今少し思慮のある男かと存じますが」

十内が遠慮がちに言うと、大石は首をかしげた。

「わたしもさように思っていたが、昨夜、撞木町から帰るわたしが乗った駕籠《かご》に、堀部と名のる男が刀を突き入れてきおった」

ほう、と十内は目を丸くした。

「それでお怪我はありませんでしたか」

「なかった。だが、襲った者はわたしに、行いを改めよと言いおった」

「まさか、堀部ではないと存じます」

十内は頭を横に振った。

「堀部と名のったのはたしかなことだ。駕籠の外ゆえ、はっきりとはわからぬが、堀部と関わりがなければそうは名のるまい」

大石があっさり言うと、十内はうなずくしかなかった。

「堀部をどのようになさいますか」

「斬ろうと思うのだ」

大石の目が光った。十内はため息をつく。

「お考えなおし願えませぬか」

「いや、ならぬ。堀部達の軽挙妄動で御家再興がならなければどうなる。家臣としてこれ以上の不忠はないぞ」

はっきりと言われてしまえば、十内も反対はしかねた。

「しかし、斬るといってもいかようにするのでございますか。堀部ほどの手練《てだ》れを斬れるものはそうはおりませんぞ」

「何もわたしひとりで斬ろうとは言っておらぬ。不破数右衛門《ふわかずえもん》がおる。さらにわたしの息子の主税がおる。隙をついて三人でかかればいかに堀部でも討てぬことはあるまい」

不破数右衛門は浅野家では百石取りの馬廻役《うままわり》、浜辺奉行だったが、性格が豪放に過ぎ、ささいなことで家僕《かぼく》を斬って咎《とが》めを受けて浪人した。

浅野家が断絶、旧藩士の間で義盟が結ばれたことを知った数右衛門は参加を望んだ。

大石が昨年、江戸に下向した際に吉田忠左衛門《よしだちゅうざえもん》の仲介で面会して願った。

大石はためらったが長矩の墓前で参加を願う数右衛門に根負けして加盟を許した。

その数右衛門が江戸から上方へ出てきている。数右衛門ならば、安兵衛の剣名を恐れず大石の命に従うだろう。

数右衛門は後の討ち入りの際、吉良邸内で奮戦し、小手や着物は切り裂かれ、刃もこぼれてササラのようになったと伝えられる剛強だった。

「なるほど、さようでございますな」

十内は逆らわずに同意して、ふと思いついたように訊《き》いた。

「ところで大石様は吉良を討つことにはこの先も賛同されぬのでございますか」

大石はゆっくりと頭を振った。

「いや、わたしも本音を申せば、吉良を討ちたいと思っている。それが武士としての道だ」

「さようでございますか」

十内は、はっとした。

「だが御家再興を図るのが、家臣としての道だ。家臣としての道を歩むのが、いまわれらがなさねばならぬことだ。その道が断たれたならば武士として歩むことになろう」

と言った。

——士ハソノ至レル天下ノ大事ヲウケテ、其大任ヲ自由ニイタス心アラザレバ、度量寛《ひろ》カラズシテセバセバシキニナリヌベシ

と『山鹿語類』にある。大石は、吉良を討つのは喧嘩《けんか》両成敗という天下の法がないがしろにされたことを正す士道なのだ、と言った。

「そのため、堀部を斬られまするか」

「いたずらな血気の勇は士道にかなわぬとわたしは思っている」

「さようでございますか。ならば、もはやお止めしても無駄でございますかな」

十内は淡々と言った。

「ところで小野寺殿は伊藤仁斎先生の薫陶《くんとう》を受けてひさしい。もし伊藤先生ならばかようなおりはどう考えられたであろうか」

大石はふと、思いついたように言った。

「さて、それはわたしなどには答えられぬことでございますが、伊藤先生はおよそ、物を考えるにあたって、高遠な説によるよりも、身近なる物に学ぶべきことがあるとおっしゃいます。すなわち物事を考えるにあたって、大事なのはやわらかなる心

ではないかと存じます」

十内は微笑して言った。

「やわらかなる心か――」

大石はつぶやいた後、不意ににこりと笑った。

三

二日後――

大石のもとに一通の書状を飛脚《ひきやく》が届けた。十内からの手紙で小さな包みが添えてあった。

大石は十内の書状を読んで何度かうなずき、包みも開けてみた。そこには薬袋が入っていた。

大石は興味深げに紙包みを手に取って眺めた。

そして、可留を呼んで、

「今日は撞木町に行く。帰りは遅くなるから休んでいなさい」

とやさしく言った。可留が悲しそうな顔をすると、

「心配することはない。遊びではない。大事な話をしにいくのだからな」

大石の腕の中で可留は吐息《といき》をついた。

「まことでございますか」

「ああ、まことだとも。もっともいつまでもこうしていられるかどうかはわからぬがな」

大石はつぶやくように言ってから、地唄《じうた》を口遊《くちずさ》んだ。

あだし此身《このみ》を煙となさば
せめてくるのは里近く
廓《くるわ》のや、廓のせめて
せめて廓のさと近く
何を思ひにこがれて燃ゆる
こがれてもゆる
野辺の狐火《きつねび》さよ更けて
思ひにこがれてもゆる
野火の狐火小夜《さよ》更けて

〈狐火〉という大石が歌詞をつくった唄だ。哀調を帯びた唄声を聞いて、可留はとりすがった。

「どこか遠いところに行かれるのでございますか」

可留は心配げに言った。

「ひとはいつか遠いところに行くことになる。それはしかたのないことだ」

大石はそうつぶやきながら可留の懐《ふところ》をくつろげると、そっと手を差し入れた。

可留があえかな声をあげる。


この日の夜、大石が笹屋に赴くと、すでに安兵衛が来ていた。部屋に入ろうとすると、隣室から甚九郎が、

「池田様ではございませんか」

と声をかけた。甚九郎は夢橋や清右衛門とともに飲んでいるようだ。

大石は笑顔でうなずく。

「後でご一緒いたしましょう」

甚九郎は声を高くして呼びかけてきた。

大石が答えないまま、部屋に入ると、甚九郎が唄う地唄が聞こえてきた。

浮草は思案のほかの誘ふ水
恋が浮世か浮世が恋か
ちよつと聞きたい松の風
問へど答へず山ほととぎす
月やはもののやるせなき
癪《しやく》にうれしき男の力
じつと手に手をなんにも言はず
二人して吊《つ》る蚊帳《かや》の紐《ひも》

安兵衛は大刀を店に預けず、傍《かたわ》らに置いている。遊びに来たのではなく、場合によっては大石を斬るという覚悟を示したのだろう。

大石は座敷に入るなり、安兵衛の刀に気づいたが、何も言わない。

床の間を背に座るなり、

「わたしと酒を飲む気にもなるまいゆえ、馴染《なじ》みの遊女に茶を点《た》てさせよう」

と大石は言った。その言葉を受けて夕霧が入ってくる。座敷にはあらかじめ茶の支度がしてあった。

夕霧は茶釜《ちゃがま》の前に座り、作法通りに茶を点て始めた。茶を点てるのはこのような店の遊女の心得である。

安兵衛は精悍《せいかん》な顔の口を一文字に引き結んで何も言わない。しかし、表情は穏やかである。やがて夕霧は茶を点て、安兵衛の前に黒楽茶碗《くろらくちゃわん》、大石の前に赤楽茶碗を置いた。

「御免――」

ひと声発して安兵衛が黒楽茶碗を取ろうとした。

「待て」

大石が声をかけた。

安兵衛は手の動きをぴたりと止めて、大石に目を向けた。

「そなたが、今日、わたしに会いに参ったのは小野寺殿に言われてのことであろう」

「さようでございます」

安兵衛は膝《ひざ》に手を置いて答える。

「どのようなことを言われたのだ」

「大石様のお心がけについてでございます」

「わたしの心がけとは」

大石は興味深げに安兵衛を見た。安兵衛は静かに口を開いて、

——士ハソノ至レル天下ノ大事ヲウケテ、其大任ヲ自由ニイタス心アラザレバ、度量寛カラズ

と詠《えい》じるように言った。

「なるほど、その意がわかったのか」

「主君の仇《かたき》を討とうとするは、私事、まことの武士たる者は天下の大事のためにこそ刀を抜くべきであるということかと存じます」

大石はじっと安兵衛を見つめた。

「それで、得心してくれたのか」

安兵衛はうなずく。

「わたしはかねてから、おのれのことで不審なことがございました」

「どういうことだ」

「わたしは義理の叔父《おじ》として結縁《けちえん》した菅野六郎左衛門殿の果し合いの助太刀をいたし、三人を斬りました。喧嘩《けんか》沙汰《ざた》の因縁によって刀を抜いただけのことでございました。しかし、仇討《あだうち》を果たした、十八人を斬ったなどともてはやされ、堀部家に婿入りするという幸いも得ました。しかし、そのもてはやされようは、浮薄なものだと思っても参りました」

「そうであろうな」

「それゆえ、浅野家に大事が起きたとき、もっとも武士らしく生きたいと思い、気が逸《はや》りました。情けないことですが、高田馬場でのような浮薄な評判でなく、武士らしき評判を得たいと思ったのです」

　大石はうなずいた。

「なるほど、それでいまはどう思うのだ」

「武士は大義のために刀を抜くべきだ、と悟りました。それゆえ、大石様が待てと言われるならば百年でも待ちましょう」

　安兵衛がきっぱり言うと、大石は大きく吐息をついた。

「そうか、わかってくれたのであれば、それでもうよい。その茶は飲むに及ばぬ」

「この茶をいただけませんのですか」

安兵衛は首をかしげた。

「茶が欲しければわたしの茶を飲め」

大石は黒楽茶碗を手元に引き寄せるとともに、赤楽茶碗を安兵衛の膝前に押しやった。

「これはいかなることでございましょう」

安兵衛は興味ありげに大石が手元に引き取った黒楽茶碗を見つめた。

「わたしはお主を斬るつもりでいた。そのことを知った小野寺殿はそなたを今日、笹屋に行かせることとともに、お主を斬ろうとするのは危ういから毒を盛って殺《あや》めたほうがよい、と手紙に認《したた》め、石見《いわみ》銀山の鼠《ねずみ》殺しだという毒薬を添えて送ってきた」

「さようでしたか」

安兵衛の目の奥が笑った。

「だが、お主がわかってくれたとあってはもはや毒を飼わずともよかろう」

そう言って大石は黒楽茶碗に目を落とすと、言葉を続けた。

「とは言うものの、小野寺殿はまことに毒を送ってきたのかどうか」

「さて、それはまことなのではありませんか」

安兵衛は大石が何をしようとしているのかを察してあわてて言った。だが、大石はなおも黒楽茶碗を見つめる。

「わたしは小野寺殿に伊藤仁斎先生の教えはどのようなものなのかと訊《き》いた。すると小野寺殿は、やわらかなる心ではないかと思うと言われたのだ」

ほう、と安兵衛は声をもらした。

「小野寺殿のやわらかなる心を知ってみたい。お主はその赤楽茶碗の茶をわたしと同時に飲まれよ」

安兵衛は一瞬ためらったが、大きく頭を縦に振った。大石は静かに茶を喫し、安兵衛もまた飲み干した。

何の異変も起きなかった。大石が、

「甘い。これは砂糖だな」

と言うと、どちらからともなく笑い声が起きた。

この夜、大石は安兵衛と盃《さかずき》を交わした後、駕籠《かご》を呼び、安兵衛に見送られて山科への帰途についた。

いつもの駕籠かきが慣れた様子で街道を進んでいくと、途中で足が止まった。大石は刀を抱えて目を閉じたまま駕籠の中にいる。すると、すっと刀が駕籠のたれを刺し貫いた。

「行いを改めよと言ったはずだ。今宵《こよい》はこのままは帰さぬぞ」

大石は反対側のたれをはねあげて地面に転がり出た。

素早く立ち上がると駕籠のまわりにはひとりの男だけではなかった。

七、八人の浪人らしい男たちが立って駕籠を取り巻いている。

大石はまわりを見まわしながら、

「伏見奉行、建部《たけべ》内匠頭政宇《まさのき》殿の手の者か。建部殿は吉良家の縁戚《えんせき》であり、かねてからわたしを見張っていることは気づいていたぞ」

大石はそう言うと、駕籠のたれに刀を突き刺した笠《かさ》をかぶった浪人にゆっくりと顔を向けた。

「そうであろう。戸張甚九郎殿――」

呼びかけられて男は笠をとった。坊主頭の甚九郎だった。

「初めから気づいておられたのかな」

「先日、襲われたとき、酒の匂いとともに、薬湯《やくとう》の臭いもした。笹屋にいたときの戸張殿の臭いと同じだった」

大石は笑って言った。

「なるほど、そういうことか。仲間割れをさせようと小細工をしたのだが、役には立たなかったな」

甚九郎が自らを嘲《あざけ》るように言うと、大石は頭を横に振った。

「いや、そのおかげで同志と腹蔵なく話すことができた。こちらから礼を言いたいほどだな」

「礼などいらん、貴様にはここで死んでもらうのだからな」

甚九郎が言い放つとともに、まわりの浪人たちがいっせいに刀を抜いた。

大石が静かに刀を抜いて構えると、一人が斬りかかってきた。大石は身を沈めて相手の脇腹を裂いた。

浪人がうめいて倒れた。その時、浪人たちの後ろから黒い影が駆け寄ってきた。背中を斬られて浪人が地面に転がった。

その浪人を見下ろした若者が、

「大石主税である。父上への乱暴は許さぬ」

と若々しい声で言い放った。

浪人たちがざわめき、主税に向かおうとしたとき、またまわりの浪人がひとり斬られて倒れた。

大柄な男が刀をぶら下げて、

「赤穂浪人、不破数右衛門じゃ。われらの邪魔はさせぬぞ」

とわめいた。浪人たちが動揺したとき、さらに後ろから黒い影が斬りかかってきた。これを迎え撃って浪人たちが斬りかかろうとすると一瞬でふたりが斬り倒された。

「堀部安兵衛、参る――」

安兵衛の凛《りん》とした声が闇に響き渡った。

堀部安兵衛の名に浪人たちが狼狽《ろうばい》して浮足立ち、逃げ始めた。その時、甚九郎は駕籠のまわりをまわって大石に斬りつけてきた。

大石は数合、斬り結ぶと踏み込んで甚九郎を袈裟《けさ》懸《が》けに斬った。甚九郎はうめいて地面に転がった。

「お見事――」

声をかけて闇の中から出てきたのは、

――小野寺十内

だった。大石は刀の血を懐紙《かいし》でぬぐって鞘《さや》に納めた。

「やはり小野寺殿の手配りか」

大石が言うと十内は軽く頭を下げた。

「ですぎたことをいたしました」

「いや、おかげで助かった」

大石が言うと十内は笑った。

「何を仰《おお》せになります。わたしがかようにいたすことを大石様はとっくに見通されていたはずでございます」

「さて、それはどうであろう」

大石は夜空の月を見上げた。十内はしみじみとした口調で、

「大石様はいかなるときでも平常の心を失われない。まことに大将の器量でございますするな」

「そんなことはあるまい。わたしは酒に溺《おぼ》れ、女子《おなご》に淫《いん》するような、どこにでもいる凡愚《ぼんぐ》に過ぎぬ」

十内は頭を振った。

「『近思録』に、感慨して身を殺すは易く、従容《しょうよう》として義に就くは難し、とありま

す。血気に逸って命がけで戦うことは誰にもできますが、従容として義のために身を捨てることは誰でもできることではありません。大石様は従容として義に就く、おひとでございます」

十内の言葉を大石は笑って聞き流した。

浪人たちを追い散らした安兵衛と数右衛門、主税が戻ってきた。

大石は十内を含めた四人を見まわした。四人とも殺気を身にまとい月に青白く照らされている。

「どうやら、われらは、皆、主君の仇《かたき》を討ち、天下大道を正す鬼となったようだ。わたしたちが進むべき道はこれから開けよう」

と言うと四人は、

――おう

と答えた。大石がふたたび駕籠に乗り、逃げていた駕籠かきが戻ってきてかついだ。大石の駕籠にしたがっていく四人の影が月光に照らされて道にのびた。あたかも、

――鬼の影

のようだった。

幕府は七月に浅野大学を広島《ひろしま》浅野家預けとすることを明らかにした。これにより、赤穂浅野家の再興の望みは断たれた。

七月二十八日、大石らは京の円山《まるやま》で会議を開き、吉良義央を討つこと、十一月初めまでに江戸に参集することを決議した。

十一月五日、大石は垣見五郎兵衛《かきみごろべえ》と名のって江戸に入った。山科を出るまえ、大石は身籠《みごも》った可留に金銀を与えて二条の実家に戻した。

さらに可留の体を心配して浅野家の藩医だった寺井玄渓《てらいげんけい》に診てもらう手配りをしていた。

大石は江戸では石町《こくちょう》三丁目の小山屋弥兵衛店《こやまややへえだな》に身を寄せた。

十二月十五日未明、吉良邸に討ち入り、吉良義央の首級をあげた。

大石たちは高輪《たかなわ》の泉岳寺《せんがくじ》の浅野長矩の墓前に参って義央を討ち取ったことを主君に報じた。

その後、大石は幕命によって熊本細川綱利《くまもとほそかわつなとし》の高輪台の下屋敷に預けられ、翌十六年二月四日に切腹して果てた。遺骸《いがい》は泉岳寺に葬られた。享年四十五。

辞世の句は、

あら楽し思ひは晴るる身は捨つる
浮世の月にかかる雲なし

である。大石の妻のりくは、その後、息大三郎《だいさぶろう》とともに広島浅野家に迎えられ、平穏に暮らした。

（角川文庫『不疑　葉室麟短編傑作選』に収録）

うわき国広

山本　兼一

山本兼一（やまもと・けんいち）

1956年京都市生まれ。同志社大学文学部を卒業後、出版社勤務を経てフリーのライターとなる。88年「信長を撃つ」で作家デビュー。99年「弾正の鷹」で小説NON短編時代小説賞、2004年『火天の城』で松本清張賞、09年『利休にたずねよ』で直木賞、12年京都府文化賞功労賞を受賞。他に「とびきり屋見立て帖」「刀剣商ちょうじ屋光三郎」のシリーズや、『いっしん虎徹』『信長死すべし』『夢をまことに』などがある。14年2月、逝去。

一

夜が明けたばかりの町を、光三郎《こうざぶろう》は、芝日蔭町《しばひかげちょう》のじぶんの店にむかって歩いていた。

まだ冬には間があると思っていたのに、夜明けはめっきり冷えこむ。吐《は》く息が白い。

――ちょいと乙《おつ》な女だったな。

着物の襟《えり》もとをかきあわせながら、光三郎は、ゆうべの芸者の顔をおもいうかべた。

色白で、目鼻だちがすっきりして、ぞくっとするほど艶《あだ》っぽい女だった。

ゆうべは、新橋《しんばし》の料理屋で、刀屋の寄合《よりあい》があった。

ペルリの黒船がやってきてからというもの、江戸《えど》の刀屋はどこも景気がいい。寄合といっても、かくべつの相談事はなく、すぐに宴《うたげ》がはじまった。

最初に踊りを見たときから、気になった芸妓《げいぎ》がいた。

二十二か三の中年増《ちゅうどしま》で、光三郎と同じか、ひとつ下くらいだろう。

「浜千代《はまちよ》でございます。よろしくご贔屓《ひいき》に」

銚子《ちょうし》をさしだし、しっとりした目づかいで微笑《ほほえ》んだ。

その瞬間、光三郎の全身に鳥肌《とりはだ》がたった。

――いい女だ。

ひと目で惚《ほ》れた。いい女といい刀は、目にした瞬間に見抜く自信がある。

「べっぴんの姐《ねえ》さんだな。こっちこそ、よろしくお願いしたいね」

「おじょうずですこと」

銚子をさされると、酒がすいっと喉《のど》をとおった。

浜千代も、なにが気に入ったのか、ほかの客のところに行っても、すぐにまた光三郎のそばにもどってくる。

「そういえば、このあいだね……」

初対面にもかかわらず、あれやこれや、話をしたがる。

光三郎もむろん、悪い気はしない。

そのままふたりで朝までしっぽり……、といけば極楽だったが、なにしろ大勢の刀屋があつまって、三味線《しゃみせん》、太鼓《たいこ》を鳴らしての大騒ぎだ。

「こら、そんなところでいちゃつくな。おれの酒を飲め」

新参者の光三郎は、酒癖《さけぐせ》のわるい刀屋たちにむりに飲まされ、へべれけに酔った。

宴席《えんせき》の途中からさっぱり記憶がない。

そのままぐっすり眠ってしまったらしい。

朝になって目ざめたら、気のきかない連中ばかりが料理屋に取り残され、座敷《ざしき》で座布団をまくらに雑魚寝《ざこね》していた。

――しょうがねぇ。

苦笑するしかなかった。

顔を洗って着崩《きくず》れを直すと、光三郎のふところに、懐紙《かいし》が一枚はいっていた。

広げて見ると、淡い桜色の紙に、流れるような水茎《みずくき》のあと。

光さまの寝顔はよいお顔
　はの字は、ほの字

と、したためてあった。

浜千代は、光三郎の寝顔に惚れました、と読める。むこうも、光三郎のことが、まんざらでもなかったようだ。

芸妓の商売にちがいなかろうが、初めての客みんなにそんなことを書いているとも思えない。

やはり、にんまりしてしまう。

——こんどは、ひとりでこよう。

あたりまえの男として、光三郎はそう思った。

——あんないい女なら……。

ぜひ深い仲になってみたいものだ。

そんなことを思いながら、色男の気分で帰ってきた。

日蔭町にさしかかると、一軒だけ、もう大戸を開けている店がある。

ほかの店は、まだみんな寝静まっているというのに、ちょうじ屋だけ、表を開けているのだ。

きちんと掃《は》き掃除をすませて、水も撒《ま》いてある。

「まずい……」

光三郎は、おもわず呟《つぶや》いた。

妻のゆき江《え》が起きて、店を開けたにちがいない。

ゆうべは、早く帰るといって出かけたから、ひょっとしたら、ずっと起きて待っていたのか。この春、ちょうじ屋に婿入《むこい》りして夫婦になってから、なんにもいわずに朝帰りしたのは初めてである。

藍染《あいぞ》めの長暖簾《ながのれん》をくぐって土間《どま》に立つと、案の定、店の畳にゆき江がすわっていた。

「おかえりなさいませ」

三《み》つ指《ゆび》ついて、ていねいに頭をさげたのが、かえって不気味である。

「あ、あぁ……、ただいま」

顔をあげたゆき江は、目が三角につり上がっている。

「お早いお帰りとうかがっておりましたが、ほんとうにお早《はよ》うございましたね」

「飲み過ぎちまってな。料理屋で雑魚寝さ」

「そうですか。さぞや、楽しい雑魚寝でございましたでしょうね」

「馬鹿いうな。野郎ばかりだ。悪さなんかしてたわけじゃない」

「どうですか」

ゆき江の目が、うらめしそうだ。

光三郎は、わざと大きく息を吐いた。

「まあ、お酒くさい」

ゆき江が、着物の袂《たもと》で鼻を覆《おお》った。

「飲み過ぎてつぶれちまったんだ。すっかり酔ってたんだから、悪さなんか、できやしないよ」

「それにしては、お顔に汗をおかきでございますよ。なにか心当たりがおありなんじゃございません？」

みょうに角《かど》のあるゆき江の口調が、朝帰りの後ろめたさを突いてくる。

「ばっ、馬鹿いっちゃいけない。歩いて汗をかいたんだ」

「そうですか。冷や汗じゃございませんの？」

「なぜ冷や汗なんか、かかなきゃならねぇんだよ」

草履《ぞうり》を脱ぎ、框《かまち》に上がりながら、光三郎は手拭《てぬぐ》いを出して、額《ひたい》の汗をぬぐった。

酒臭い汗だ。言い合うのは面倒なので、このまま奥に入って、ごろりと寝てしまうつもりである。

「なんですの、これ？」

声にふりかえると、ゆき江が紙を手にしている。

浜千代の懐紙だ。

手拭いを出すとき、ふところから落ちたのだ。

ゆき江の目が、見る見るうちに、つりあがった。

「新橋だっておっしゃってたのに、吉原《よしわら》に行ってたんでしょ。寝顔だなんて……」

ゆき江の顔が、般若《はんにゃ》に似てきた。

「吉原なんかいくもんか。そいつは、ただの芸者だよ。女郎《じょろう》じゃない」

「朝までいっしょにいたんなら、どっちでも同じです。寝顔をお見せになったんですね、はの字さんに。いやらしいわね」

ゆき江は、懐紙の文字をじっと見ている。

「悔しい……」

口もとが大きくへの字に曲がった。

「なにいってるんだ、なんにもしてないさ」

光三郎は、むっとした。

後ろ暗いことがあるならともかく、なにもしていないのに、悋気《りんき》されるのは業腹《ごうはら》だ。

くちびるを嚙《か》んだゆき江が、光三郎を見つめている。

「いい加減にしろ。怒るぜ」

手から懐紙を取り上げ、くしゃくしゃに丸めて投げた。

「ほんとに、なんにもなかったの？」

ゆき江の目がなみだで潤《うる》んでいる。

「馬鹿。おまえがこんな可愛いのに、浮気《うわき》なんかするはずなかろう」

すわっているゆき江を背中から抱きしめて、耳元でささやいた。

「騙《だま》されないわ」

「騙すもんか。ほんとだって」

「そうかしら……」

横を向いたゆき江が、鼻を鳴らした。

くんくんと、光三郎の匂《にお》いをかいでいる。白粉《おしろい》の香りでもさぐっているらしい。

「おれは、おまえに惚《ほ》れて、婿に来たんだから」

「ほんと？」

「あたりまえさ」

ゆき江の耳たぶを噛みながら、光三郎は、妻の嫉妬《しっと》深《ぶか》さに驚いていた。

もしも本当に浮気してばれたら、いったいどんな顔をするだろうと、ちょっと心配になった。

二

「今日は、わたしの代わりに行ってください」

義父の吉兵衛《きちべえ》が、腰をさすっている。

腰痛がひどくて、どうにも歩けないというので、光三郎は赤坂《あかさか》にある内藤伊勢守《ないとういせのかみ》の屋敷にでかけることになった。

「内藤様は、根っからの国広《くにひろ》びいきだから、あまりほかの刀を褒めぬよう、気をつけてください」

吉兵衛が念をおした。

たしかに内藤伊勢守の国広好きは、旗本のあいだでも、よく知られている。

堀川《ほりかわ》国広は、新刀《しんとう》の祖と称されるほどの名工で、もとは武士ながら、すばらしい作を残している。これから届けるのも、なかなか出来のよい国広だ。

秋空がよく晴れている。空の高いところに、絹雲《きぬぐも》がたなびいている。

井戸端《いどばた》で水を浴びたので、もう酒は残っていない。

日蔭町から愛宕山《あたごやま》の裏にまわり、神谷町《かみやちょう》から飯倉《いいくら》を抜けた。上り下りの坂道が多いが、赤坂はさして遠くない。あたりには、立派な屋敷がならんでいる。

内藤家は、五千石の大身《たいしん》で、堂々たる長屋門があった。

門番に来意をつげると、用人があらわれ、奥に通された。

五千石ともなれば、家来が百人以上いるだろう。屋敷は広大だ。用人について長い廊下を歩いていくと、いくらでも部屋がならんでいる。

奥の書院に、侍がふたりいた。

光三郎は、両手をついて挨拶《あいさつ》した。

「芝日蔭町のちょうじ屋でございます。本日は、手前どもの主人の具合が悪く、お刀、わたくしが代わりにお届けにあがりました」

「それはいかんな。吉兵衛は目利《めき》きで話がおもしろい。治ったら、すぐにまた来るように伝えろ。よいな」

内藤伊勢守は、四十半ばだろう。

眉《まゆ》が太く、いかにも剣の強そうな骨太な顔をしている。顔が四角ばって強情そうだ。

「かしこまりました。そのように申し伝えます」

「吉兵衛が来ぬのは、残念じゃな。あの男は、まこと刀をよく観る。鉄《かね》の味についての蘊蓄《うんちく》は、なまなかな刀屋ではない」

客の武士がつぶやいた。

目のぎろりとした精悍《せいかん》な男で、突き出たあごのひげ剃《そ》り跡が濃い。上物《じょうもの》の絹を着ているところを見れば、内藤と同じくらいの高禄《こうろく》取りだろう。くつろいだようすから察するに、たがいに遠慮のない仲らしい。

「まあ、しょうがない。刀を見せてもらおうか」

「かしこまりました」

ふたりはすでに、べつの刀を見ていたらしい。

何振りかの白鞘《しらさや》が、座敷の端にならんでいる。

細長い風呂敷《ふろしき》包みをほどいて、刀袋《かたなぶくろ》を取りだし、そのまま、膝《ひざ》でにじって、捧《ささ》げるように内藤にわたしした。

袋から白鞘を取りだすと、内藤は居ずまいを正して目八分に捧げ、一礼して鞘を抜き払った。

手もとにあった打《う》ち粉《こ》を刀身《とうしん》に叩《たた》いて、よく揉《も》んだ紙で、刀に塗ってある丁子油《ちょうじあぶら》をていねいに拭《ぬぐ》い去った。保管用の丁子油をふき取らないと、鉄の味や刃文《はもん》の微妙なおもしろみが、よく見てとれないのである。

内藤が、右腕をまっすぐのばして、刀身を立てた。

こうすると、全体の姿がよくながめられる。

二尺二寸余りの出来のよい国広である。

反《そ》りの浅い姿に、ここちよい緊張感がある。

しばらくながめて、内藤が、刀身に目をちかづけた。

地鉄《じがね》は板目《いため》だ。

刀身に板の目のようなもようがあり、古刀《ことう》のごとくところどころ大肌《おおはだ》がまじっている――。

つまり、刃鉄《はがね》のかたまりを鍛《きた》えるとき、鍛冶《かじ》はなんども折り返し鍛錬《たんれん》しているが、その層がはっきり目立つのである。

好みの問題なので、これを嫌う武士もいるし、古風な豪気さがあると讃《たた》える者もいる。

慶長《けいちょう》以降に鍛えられた新刀では、あまり鍛え肌を見せず、地鉄の澄んだ美しさを強調したものが多い。

鉄《かね》を吹く技術が向上してより純粋な鋼《はがね》がつくれるようになったからだが、これとて、光りすぎると嫌う者もいる。

刀剣には、どうしても好みの問題がついてまわる。惚れた刀なら、鍛錬のときにできた傷さえ美しく見えてしまう。

刀を手に、黙ってじっと見つめていた内藤が、にやりと目尻《めじり》をさげた。

満悦の表情である。

「やはり、国広はよい。どうだ、この鉄の味の深さ。惚れ惚れする。しかも、刃文の瀟洒《しょうしゃ》なことはかぎりない」

たしかに内藤がいうとおりのよい刀である。国広の刀は美しいうえ、切れ味がよく大業物《おおわざもの》として認められている。この刀も、まちがいなくよく斬れるはずだ。

「どれ、拝見」

客の武士が所望したので、内藤が手渡した。

客も相当な刀好きらしい。それは、刀を見つめる目つきでわかる。

腕をのばして姿を見た。

目を刀身にちかづけ、鉄《かね》を見ている。

それに、刃文。

姿、鉄、刃文の三点を見きわめれば、目利きの人間なら、ぴたりと刀の時代、国、刀工の名を当てることができる。

真剣な顔つきからすれば、この客もそうとうな眼力《がんりき》の持ち主だろう。

「こいつは、栗山越前守《くりやまえちぜんのかみ》というてな、元服《げんぷく》前の子ども時分から、同じ道場に通った朋輩《ほうばい》だ」

内藤が教えてくれた。

「さようでございますか。芝日蔭町のちょうじ屋ともうします。ぜひともご贔屓《ひいき》にお願いいたします」

光三郎の挨拶に、栗山はうなずきもしない。じっと刀を見つめたままだ。

「この男も、わしに劣らず刀が好きでな、ことに虎徹《こてつ》を愛しておる」

「ああ、こちらが……」

そういえば、光三郎がお城で御腰物方《おこしのものかた》に出仕していたとき、その名を聞いたのを思い出した。

――国広狂いの内藤伊勢守。

――虎徹狂いの栗山越前守。

といえば、旗本のあいだでは、つとに知られた刀好きである。

長曾祢《ながそね》虎徹は、国広より数十年のち、江戸の町が、すこしにぎやかになってから活躍した鍛治である。

凜《りん》と引き締まって力強く美しく、よく斬れる刀を鍛えた。

「虎徹も、国広とならんで、すばらしい刀でございますな」

内藤が国広びいきだけに、言い回しに気をつかった。

「わしは、若いころからの国広好き。この栗山は、なにがなんでも虎徹一辺倒《いっぺんとう》の虎徹信者だ。どちらがよい刀かで、ずっと競い、張り合ってきた」

「さようでございますか」

へたなことはいえない。どちらかに味方したら、どちらかを敵にすることになる。

「刀屋、おぬしは、国広と虎徹と、鍛冶としてどちらが上だと思うか？」

内藤が、いきなり核心を突く質問をつきつけた。

光三郎は、手拭いで額の汗をぬぐった。

「どちらも素晴らしい刀でございます。どちらが上か下というより、名工ならび立つ姿こそ、にらみ合った竜虎《りゅうこ》のごとく、猛々《たけだけ》しく美しいと存じます」

「うまくかわしおったな」

内藤が笑っている。

「いえ、横綱もひとりでは興《きょう》がありません。東の虎徹、西の国広が競い合ってこそ、見ごたえがありましょう」

「まあよい。わしの国広を見ていけ。刀屋の婿なら、商売の目の肥《こ》やしになるであろう」

内藤が、座敷のはしに並んでいる白鞘を示した。

ざっと十振りはある。

「みな国広でございますか」

国広の刀は、数が少ない。これだけ集めるのは、たいへんだったはずだ。

「そうだ。江戸中の刀屋に声をかけてある。国広があったらもってくるようにとな。おまえもこころがけておいてくれ。国広の話を聞いたら、すぐに知らせるのだぞ」

「かしこまりました。真っ先にお知らせいたします」

光三郎は、刀の前にすわった。

外は、池水《ちすい》をめぐらせた広い庭だ。

縁側から、秋の午後の明るい陽射《ひざ》しがさしこんでいる。刀に反射させて刃文を見るのに具合がよい。

「拝見いたします」

白鞘を手に取り、抜き払った。

最初の一振りは、刃文を尖《とが》り気味に焼いた作であった。

国広は、九州日向《ひゅうが》の侍の家に生まれた。父親も鍛冶仕事が好きで、刀を打っていたらしい。父の助手をして刀鍛冶の技術を学び、若いころは、美濃《みの》風の刀を鍛えていた。

これは、そのころの作であろう。

その後、主家が薩摩《さつま》の島津《しまづ》に大敗したため、日向から京に上った。

どんな事情があったのか、京で人を殺して下野《しもつけ》に逃げ、足利《あしかが》学校で刀を打った。

秀吉《ひでよし》の小田原《おだわら》攻めでは、足利の領主のもとに足軽《あしがる》大将として出陣し、手柄《てがら》を立てたという。

のちに石田三成《いしだみつなり》に抱えられ、朝鮮の役《えき》にくわわって、釜山《プサン》で刀を鍛えたともいわれている。ただし「於釜山海」の銘《めい》のある刀は、まず偽物《ぎぶつ》らしい。

慶長の関ケ原《せきがはら》の合戦のころから、京の堀川《ほりかわ》に住み、鍛冶に専念したので、堀川国広と呼ばれるようになった。

八十四歳まで長生きして、後半生は、新刀風のきれいな刀を鍛えている。

内藤が集めた十余振りは、いずれもなかなかの国広だった。

国広は人気の高い鍛冶で、偽物が多いのだが、光三郎の見たところ、あやしい作は一振りもまじっていない。さすがに国広狂いの蒐集《しゅうしゅう》である。

「どうだ、国広の印象は？」

内藤がたずねた。

「はい。不思議な静けさがみなぎっておる気がいたします」

「ぎらりとこれ見よがしな虎徹とちがって、品格があるであろう」

内藤のことばに、栗山が眉《まゆ》を曇らせた。

「なにをぬかす。正宗《まさむね》を狙って正宗におよばぬのが国広だ。虎徹の気高《けだか》さがわからぬとは、おまえの目利きもたいしたことはない」

喧嘩《けんか》でも始まりそうな雲行きなので、光三郎は、ひときわ大きな声を張り上げた。

「それにいたしましても、これだけの国広をまとめて見せていただいたのは初めてでございます。お見事と申すほかございません」

「なかでも、それはみごとだろ」

内藤が指でさしたのは、長めの太刀《たち》である。

刀身に〝武運長久《ぶうんちょうきゅう》〟の文字と、不動明王の彫《ほ》り物があった。

「たしかにすばらしい作でございます」

「それが、〝山伏《やまぶし》〟だ」

「あっ、これが、でございますか」

国広は、山伏だったといわれている。そのために、石田三成の諜者《ちょうじゃ》だったとの説もあるくらいだ。

「茎《なかご》をあらためるがよい」

「拝見いたします」

目釘《めくぎ》を抜いて、柄《つか》をはずした。

たしかに銘が切ってある。

天正十二年二月彼岸
日州古屋之住国広山伏之時作之

山伏のときにこの刀を鍛えたというのである。

「めずらしい一振りでございますね」

「であろう」

内藤が満足げな顔を見せた。

「わしが、この男にやったのだ」

そう言ったのは、客の栗山越前守だった。

「えっ、このお刀をですか」

「そうだ。それは、たしかに栗山からもらった国広だ」

内藤が、うなずいた。

「このような珍しい太刀を、惜しげもなく差し上げられたんですか」

山伏の銘を切った国広は、ほかにあまり聞いたことがない。手にいれるには、相当な対価を払ったはずだ。

「われらは、昔から、約束を交わしておるのだ。わしが虎徹を見つけたら、栗山にやる。栗山が国広を見つけたら、わしにくれる。国広好きと虎徹好きが、長年喧嘩もせずにいられるのは、その約束を律儀《りちぎ》に守っておるからだ」

内藤がまじめな顔でいうと、栗山が大きくうなずいた。

三

ちょうじ屋に帰ると、店に、義父の吉兵衛がいた。

「寝てなくてだいじょうぶですか」

帳場《ちょうば》にすわっている姿も、やはりすこし痛々しげだ。

「ええ、重い物を持ったりしなければだいじょうぶです。内藤様のごきげんはいかがでしたか」

「よい国広だと、たいそうお歓《よろこ》びでした」

「それはよかった」

「それにしても、内藤様は、ほんとうに国広がお好きなんですね。あれだけ集めるには、お金も時間もずいぶん費やされたでしょうに」

「お好きなだけに目がよくお利きで、贋物《がんぶつ》にはけっして騙《だま》されません。病膏肓《やまいこうこう》とは、あの方のことです。国広さえあれば、五千石だって、捨てかねない勢いですからね」

「栗山様の虎徹自慢も、噂には聞いていましたが、すさまじいですね。見に来いとおっしゃってくださいました」

栗山の名を出したとたん、茶をすすっていた吉兵衛がむせかえった。

「栗山様が、いらっしゃったんですか」

「はい。わたしは、延々と虎徹談義を聞かされました。いや、ほんとうに虎徹がお好きですね」

「そうでしたか。栗山様がいらっしゃいましたか……」

吉兵衛の顔がこわばっている。

「栗山様がいらっしゃると、なにかまずいんですか」

「いや、なんでもありません。あなた、栗山様のお屋敷に行く約束をしたのですか」

「ええ、明日来いといわれました」

「そうですか……。あぃたた、なんだか、腰の具合が……」

腰に手をあてた吉兵衛が、苦しげな顔になった。

「しっかりしてください」

吉兵衛の肩をささえながら、奥に声をかけた。

「おぉい、布団を敷いてくれ」

ゆき江を呼んだつもりだったが、出てきて答えたのは、番頭《ばんとう》の喜介《きすけ》だった。

「奥様は、お出かけです」

「なんだ。どこに行った」

「お芝居だとおっしゃって」

「しょうがねぇな」

朝帰りの腹いせに、芝居見物に出かけたのか。

「寝なくても、だいじょうぶです。壁にもたれていれば、なんでもありません」

動かすとつらそうなので、いわれたとおり、壁にもたれさせた。

茶が飲みたいというので、茶碗《ちゃわん》を持たせてやると、ようやく人心地《ひとごこち》ついたらしい。

「いいですか、婿殿」

「はい。なんでしょう」

「内藤様と栗山様は、古くからの御親友です。しかしね、刀のことだけは、まったく別。ぜんぜん別の一件です。あのふたりに深入りしてはいけません。知らんふりしていなさい」

「どういうことでしょうか」

「明日、栗山様のお屋敷にうかがえば、わかります。あの方の自慢は、どうせまた同じです。まったく罪なお方だ」

吉兵衛は、首をふるばかりで、肝腎《かんじん》なことを話してはくれない。

いったいなんのことだろうと首をひねっていると、ゆき江が帰ってきた。

「ただいま。あら、お父さん、どうしたの」

「腰が痛むんだ。おまえは、どこに行ってたんだ？」

光三郎は、ゆき江をにらみつけた。

「お芝居ですよ。團十郎《だんじゅうろう》、よかったわ」

「気楽なもんだな」

「いいじゃないですか、旦那《だんな》様が朝帰りなさってるんだから。お芝居くらい。お父さん、だいじょうぶ?」

「ああ、なんでもないですよ。心配ありません」

「そう、ならよかった。ささ、晩ご飯つくらないと」

すれ違いざま、光三郎は、二の腕の柔らかいところを、ゆき江に思いっきりつねられた。

四

つぎの日、光三郎は、麻布《あざぶ》にある栗山越前守の屋敷に出むいた。

同じ五千石取りなので、赤坂の内藤伊勢守の屋敷に劣らぬ広壮《こうそう》な造りである。

門番に名を告げると、脇玄関を教えられた。

そこから上げてくれるのかと思ったら、あらわれた用人が、一振りの白鞘《しらさや》をさしだした。

「見るがよい」

立ったまま受け取り、いわれるままに鞘を払った。

二尺三寸余りの、出来のよい刀だ。

「目利きしてみろ」

「は？」

「どこのだれの作か、鑑定してみろというておる」

「はい」

刀を観た。

吉野《よしの》朝の古刀の太刀《たち》の磨上《すりあ》げにも似た姿は、堀川国広とも共通している。刀身は、身幅《みはば》広く、切先《きっさき》がやや延びている。

地鉄《じがね》はよいが、いささか肌だって、大肌がまじっている。

刃文《はもん》は、大乱《おおみだ》れで、焼き幅が広い。

考えるまでもなく、答えが出た。

「肥前忠吉《ひぜんただよし》の若打ちでございましょう」

「よし。あがれ」

正解だったようだ。刀を返して、草履をぬいだ。

──違ったら、上げてくれなかったのか。

首をかしげながら、光三郎は廊下を歩いた。

奥に通されると、書院前の控えの間に、刀掛けが置いてあった。これにも白鞘が掛けてある。

それを見て、用人が立ち止まった。

「御前《ごぜん》が、もう一振り試せとの仰せだ」

「何振りでも」

鞘を払うと、こんどは、どう見ても江戸の刀だった。

反《そ》りが浅く、身幅が先細っている。

地鉄《かねじげ》はやや粗《あら》く、刃文はのたれている。

「兼重でございましょう。鋩子《ぼうし》がよければ、虎徹と見るところですが」

和泉守《いずみのかみ》兼重は、虎徹の師匠で、伊勢《いせ》安濃津《あのつ》藤堂《とうどう》家のお抱え鍛冶《かじ》だ。腕は、弟子の虎徹のほうが一枚上手《うわて》で張りつめた感じが強い。鋩子は、切先のなかにある刃文のことだ。

「よし、入れ」

なかから、声がかかった。

「失礼いたします」

ふすまを開くと、栗山越前守が端座《たんざ》して刀を見ていた。

何振りかの白鞘が、前にならんでいる。

「目利きなら、武家でも町人でも、いくらでも刀を見せてやる。良し悪《あ》しのわからぬ人間に見せても、時間の無駄じゃ」

刀を見たまま、小声で唾《つば》の飛ばないようにつぶやいている。

「わたくしは、合格でございますか」

「とりあえずな。これは、どうだ」

手にしていた抜き身を、立てたまま、突き出した。

そばに進んで、柄《つか》を受けとった。

ひと目見て、よい虎徹だと思った。

「よい虎徹でございますな。刃文ののたれに、厳しさよりおだやかさを感じますゆえ、延宝《えんぽう》ころの円熟した作でございましょう」

「そのとおりだ。よく観た」

鞘をわたされたので、刀を納めると、すぐまたべつの白鞘をわたされた。

「ではこれは、どうだ」

抜き払うと、やはり、虎徹の脇差《わきざし》だ。

虎徹独特の、ひらりとした鋭さ、すずしさがある。

これも虎徹……、といいかけて、首をかしげ、口をつぐんだ。

どこが違うというわけではないが、全体の印象に強さ、覇気が感じられない。虎徹の良さは、なによりも強烈な緊張感だ。姿に、髪の毛一本ほどでもゆるみがあれば、その印象は失われる。

「これは、失礼ながら、よろしくないのではありますまいか。虎徹によく似せてありますが、偽物でございましょう」

「いや、虎徹だ。茎《なかご》を見ろ」

柄をはずすと、虎徹独特のきちょうめんな鏨《たがね》で、長曾祢興里《おきさと》の銘がきざんであった。

明るい縁側にすすんで、よく見た。

――ちがう。

と確信した。

栗山は、いかつい顔で、光三郎をにらんでいる。じぶんの刀を偽物だ、などというと許さないぞといわんばかりの目だ。

しかし、刀のことで、感じた以外のことを口にする気にはならない。思ったそのままを話した。

「銘は似ておりますが、鑢《やすり》の目がちがいます。正真《しょうしん》の虎徹なら、もっとさらさら上手に仕立ててあります」

「そのとおりだ。おまえは、若いのに目が利く。もっとたくさん見せてやろう」

じっと光三郎を見ていた栗山が、豪快な声をあげて笑った。

「ありがとうございます」

栗山が立ち上がって、ふすまを開いた。

次の間《ま》に、十数本の白鞘がならんでいた。

「ぜんぶ正真の虎徹だ。存分に見るがよい」

栗山は、よほど虎徹が自慢なのだろう。じぶんで鞘を払って、光三郎にわたしてくれた。

「これはどう観る」

「はい。地鉄《じがね》の冴《さ》えがすばらしゅうございます。刃文ののたれ具合もまた絶妙で。全盛期の作でございましょう」

ひとしきり褒めると満足したように、つぎの鞘《さや》を手にした。

「では、これは？」

「刀身に平肉《ひらにく》がつかず、切先のつまったところに凜とした気品があります。すずしい姿は、まさに虎徹の真骨頂」

光三郎の答えを聞いて、栗山は、満足げにうなずいている。じぶんの虎徹を褒められるのがうれしくてしょうがないらしい。

すべての刀を見終わって、光三郎は、とても満ち足りた気もちになった。

これだけの虎徹をいっぺんに観る機会など、一生のうちで、そうたびたびあるとは思えない。

「すばらしい虎徹ばかりでした。昨日の国広につづいて、なんと至福の日がつづくことか。日本《ひのもと》広しといえども、これだけの虎徹を集めておられるのは、栗山様ただおひとりでございましょう」

「そうであろうな」

栗山が、鷹揚《おうよう》にうなずいた。

「そうそう。もう一振り、よい刀がある。これは、どうだ」

思いだしたように立ち上がると、書院の違い棚の下にある地袋《じぶくろ》から、黄色い刀袋を取りだした。

光三郎の胸が高鳴った。特別によい刀を見せてもらえる予感がした。

受けとると、光三郎は一礼して、鞘を抜き払い、刀身を立ててながめた。

「これは……」

ひと目見てぞくっとした。全身に鳥肌が立つほどよい刀だ。

——しかし……。

また虎徹を見せてもらえるのだとばかり思っていたが、姿がまるで違っている。

反《そ》りのない真っ直ぐな姿は、古刀の太刀を磨上《すりあ》げたかのように見える。

だが、鉄《かね》の味は、古い作ではない。最初からそんな雄壮《ゆうそう》な姿を狙って鍛えた刀だ。

「…………」

光三郎は、唾をのみこんだ。

心の臓が高鳴っている。

「……堀川国広でございますな」

「そうだ。格別よい国広であろう」

光三郎の頭のなかで、半鐘《はんしょう》が打ち鳴らされていた。

栗山越前守は、虎徹好き——。

内藤伊勢守は、国広好き——。

たがいに、よい虎徹、国広を見つけたら、進呈《しんてい》する約束を交わしている。きのう、そう聞いた。

ところが、いま、光三郎が手にしているのは国広である。虎徹好きの栗山の手もとに国広があるのだ。

しかも、驚いたことに、内藤伊勢守がもっていたどの国広よりも、よい出来なのである。

「これは、内藤様の国広ですか?」

「いや、あいつがこんなによい国広をもっているものか」

栗山が首をふった。

「では、ほかの方からのお預かり物でしょうか」

「いや」

また、栗山が首をふった。

「わしの国広だ。どうじゃ、素晴らしい作であろう」

「しかし、それでは、お約束は……」

「約束?」

「栗山様が国広を見つけたら、内藤様にさし上げ、内藤様が虎徹を見つけたら、栗山様にさし上げるというお約束をなさっているのではありませんか。さすが竹馬《ちくば》の友ならではの美しいご友情と聞き惚《ほ》れておりましたが……」

「ああ、あれは、なみの国広の話じゃ。この国広を初めて見たとき、わしは全身に鳥肌が立った。一目惚れしたのだ」

光三郎は、黙って聞いていた。

へたに相づちを打つと、仲間にされてしまいそうだ。

「わしとて、その国広、なんども、内藤のところに届けようとした。しかし、みょうなことに、そのたびに急用ができたり、腹が痛くなったりな、どうにも行くことができなんだ。これはまあ、国広がわしのところに居たいのだと思うて、愛蔵しておる」

栗山が手をさしだしたので、光三郎は国広をわたした。

手にした国広を、栗山がうっとりした目で眺めている。

たしかに、涎《よだれ》がでるほどよい刀だ。深山の湖水のような静けさをたたえている。刀好きなら、二度と手放せないにきまっている。

「こんなすばらしい国広、なにが悲しゅうて内藤にやらねばならん」

つぶやいた栗山が、にんまり満ち足りた顔つきで目尻《めじり》をさげた。

五

　それから、しばらくは、なにごともなく日がすぎた。

　むくれていたゆき江も、芝居見物で機嫌をなおしたらしく、つり上がっていた目が、穏やかになった。

　騒ぎが起きたのは、師走《しわす》に入ってすぐのことである。

　光三郎が店にいると、表に町駕籠《まちかご》が停まった。

　駕籠からはじけるように飛び出した武士が、あわてて店に駆け込んできた。見たことのある顔だ。

「ちょうじ屋光三郎はおるか」

　外は風が冷たいというのに、額に汗をかいている。駕籠のなかでも、よほど歯を食いしばっていたにちがいない。

「はい。手前でございます」

「おお、そのほうじゃ。わしは、栗山家の用人である。すぐに、屋敷に同道いたせ」

「なにごとでございますか？」

用人のようすは、尋常《じんじょう》ではなかった。

「殿様が、ひどくご立腹《りっぷく》だ。とにかくすぐにつれて来いとの厳命だ」

「はっ、はい。しかし、いったい……」

「……あぃたたたた」

店で客と話していた吉兵衛が、とつぜん声をあげた。また腰が痛みだしたのか。

「だいじょうぶですか？」

「わたしは、だいじょうぶです。それより、いいですか、あわてては、いけません」

「はい」

あわてるなといわれても無理だ。

五千石の殿様が、ひどく立腹して呼んでいるというのである。先日、刀を見せてもらったときに、なにか粗相《そそう》があったのかもしれない。へたをしたら、手打《てう》ちにされたって、文句はいえないところだ。

——ちっ。町人なんて、損な役回りだ。

いまさら、七百石取りの実家を飛び出したことを後悔したってはじまらない。

光三郎は腹をくくった。

「行ってきます」

「落ち着いて行ってらっしゃい。むかし、わたしも呼ばれました。きっと同じ騒ぎです」

「えっ、前になにかあったんですか」

ゆき江がもってきた上等の羽織に着替えながら、光三郎はたずねた。

「それは……」

吉兵衛が話そうとするのを、用人がさえぎった。

「ええい、なにをもたもたしておる。殿様は怒り心頭《しんとう》じゃ。早《はよ》うせい。早うせぬか」

用人にせかされて、光三郎はしかたなく店を出た。

駕籠に乗りこむと、二挺《ちょう》の駕籠は、勢いをつけて、麻布にむかって駆け出した。

栗山屋敷の奥書院に通されると、栗山越前守の前に五人の男がいた。

ならんだ背中が、一様にしおたれて肩を落としている。

ふり返った顔を見て驚いた。

みんな顔見知りの刀屋だった。

「来たか、ちょうじ屋。おまえじゃな」

挨拶《あいさつ》をするいとまもあたえず、栗山が、光三郎をにらみつけた。武張《ぶば》った顔がいかめしい。

「いったいなんのお話でございましょうか。わたくしには、なんのことかさっぱり分かりませぬ」

「しらばっくれるな。先日見せた国広の話だ。あの国広のこと、けっしてだれにも口外するなと、口止めしておいたな」

たしかに、屋敷を出るときにそういわれた。そのとおり、光三郎は、だれにも話していない。

「はい。お約束通り、口外いたしておりませぬ」

栗山の顔に朱《しゅ》がさしている。心底腹を立てているらしい。

「では、なぜ内藤が知っておる。あいつめ、わしがとびきり出来のよい国広をもっているのを知って、激怒しておる。このなかのだれかが話したに決まっている。おまえであろう」

光三郎の鼻先に、栗山が指をつきつけた。

「とんでもない」

「では、蔵田屋《くらたや》、おまえか」

「めっそうもございません」

「ならば、くろがね堂、おまえだな」

「いえ、わたしの口は貝より固く閉じておりました」

「ええい、どいつもこいつも、知らぬ存ぜぬでとおす気か。許さぬぞ。だれかが話さねば、内藤が、あの国広に気づくはずがない。だれじゃ。正直にいえばよし。口を割らねば、みな同罪で、手打ちにしてくれる。どうじゃ、それでもいわぬか」

——ははあ、こういうことだったのか。

と、光三郎は、義父吉兵衛のことばを思い出して、ちょっと安心した。前にも、こんなことがあったのだとすれば、たいていは察しがつく。

「失礼ながら、おたずね申し上げます」

光三郎が、いんぎんに切りだした。

「なんじゃ。やはりおまえか」

光三郎は首をふった。

「いえ、わたくしは、だれにも口外いたしておりません」

「ふん。分かるものか。町人は嘘をつくからな」

ぐっとこらえて、頭をさげた。

「おたずねいたします。あの国広、ご披露なさったのは、ここにいる刀屋ばかりでございましょうか。御武家様には、お見せになっておられませぬのでしょうか」

いわれて、栗山が目を剝《む》いた。

「武家にも見せた者はおる。しかし、みな口止めした。侍が約束をたがえるものか」

内心あきれたが、高飛車《たかびしゃ》な反駁《はんばく》は控えた。

「いったい、あの国広、何人のお旗本に、お見せになったのでございましょうか」

あくまで静かにたずねた。刀自慢の栗山だ。きっと大勢の旗本に見せずにいられなかったにちがいない。

栗山が、虚空《こくう》をにらんだ。思い出しているらしい。

「八人……。いや、九人か……」

噴き出しそうになったが、ぐっと堪《こら》えた。

「人の口に戸は立てられぬと申します。われわれ刀屋は、商売ゆえ、けっして口外いたしませぬ。口外して、栗山様に出入り差し止めになりますと、大きな損。なにを好きこのんで、人に話しましょう」

刀屋一同がうなずいた。

「まあ、それはそうかもしれぬが……」

「それにひきかえ、御武家様があれだけすばらしい国広をご覧になりますと、どうしても人に話さずにはおられますまい」

「ふん」

栗山が鼻を鳴らした。

八人も九人も見せれば、だれかが話すに決まっている。狭い旗本の世界だ。すぐ内藤の耳に届くだろう。

「ええい、さようなことはどうでもよい。内藤は、本気で怒っておる。さきほど用人が果《は》たし状《じょう》を届けにきた」

あきれた男たちだ。

私闘をすれば、家は断絶《だんぜつ》、身は切腹。取り返しのつかないことになる。

そんなことは、百も承知のうえの果たし合いか。五千石を棒にふっても、刀好きの意地を貫き通すというのか。

「高い浮気代でございますな」

光三郎がつぶやいた。

「なんじゃと」

「虎徹がお好きなら、虎徹に操《みさお》をお立てになればよかったのに」

「ふん。あれだけ見事な国広だ。目移りして惚《ほ》れてもしょうがなかろう」

「それはまあ……」

たしかにそうかもしれないと、光三郎は思った。いくら恋女房《こいにょうぼう》がいたって、艶《あだ》っぽい女があらわれれば、だれしも気もちがぐらつく。

「しかし、やはり、お約束をたがえるというのが、そもそも……」

「ええい、やかましい。さようなこと、刀屋風情《ふぜい》にいわれずとも、承知しておる」

「ならば、素直にお詫《わ》びなさいませ。それがいちばんでございましょう」

「あの内藤が、そんなことで許すものか。わしとて、あの国広、渡したくはない」

まったくあきれた男だ。

「それではお約束が……」

「ええい、うるさい、うるさい」

栗山が、怒声《どせい》を張り上げたとき、用人が駆け込んできた。

「内藤様、お見えでございます。庭にて立ち合えと、すさまじい御血相《ごけっそう》。まもなく、そちらからおいでになります」

「来《き》おったか。かくなるうえは」

羽織を脱いだ栗山が、白襷《しろだすき》をかけた。

刀掛けにあった一振りを握り、鞘《さや》を抜きはらった。

あの国広だ。

「馬鹿な真似は、おやめなさいませ」

立ち上がった光三郎がとめようとしたが、栗山は国広をふりまわして、人をちかづけない。

用人も小姓《こしょう》も、手を出しかねている。

庭で大声がひびいた。

「やあやあ、嘘つき男め、恥知らずめ。出て来い、出て来い。立ち合え、立ち合え」

内藤伊勢守がやってきたのだ。

頭に血がのぼっているらしく、目が本気でつり上がっている。国広を隠し持たれていたのが、よほど悔しいらしい。

——男の嫉妬《しっと》は、女よりこわいな。

光三郎は、心底、胆《きも》が冷えるのを感じた。

羽織を脱ぎ捨てると、内藤も白襷をかけ、決闘のこしらえである。あとについてきた供侍たちが、隙あらば、羽交《はが》い締《じ》めにしてでも止めようとしているが、逆上《ぎやくじよう》していてどうにもならない。

「嘘つきめ、成敗《せいばい》してくれる」

「おう。この国広に惚れたのが、我が身の因果《いんが》。正直にいうておこう。おまえにわたしとうないほどの出来のよさだ」

栗山のことばに、内藤の目が、ますますつり上がった。

「小癪《こしやく》な奴」

忿怒《ふんぬ》の形相《ぎようそう》で、内藤が刀を抜いた。

栗山が、抜き身の国広を手にしたまま庭に飛び降りた。

池のわきで、たがいに向き合った。

「卑怯《ひきよう》だぞ、栗山。きさまが国広をかまえておれば、わしは、刃こぼれを案じて、切り結べぬ」

内藤のことばに、栗山が笑った。

「これは愉快《ゆかい》。おまえ、この国広が、刃こぼれすると思っておるのか」

これでは、どちらがどちらの贔屓《ひいき》なのか、わからない。

内藤は八双《はっそう》、栗山は正眼《せいがん》にかまえている。

「おやめください、殿」

「無益《むえき》でございます」

まわりの侍たちが、なんとかやめさせようと声をかけているが、二人はまるで聞く耳を持たない。

たがいに、じりじり前に進んでいる。

間合いを詰めて、いっきに飛びかかるつもりらしい。

師走《しわす》の空が青い。

池の鯉が、大きな音を立てて跳ねた。

「お待ちください。お待ちください」

庭に駆け込んできた者があった。

見れば、ちょうじ屋の主人吉兵衛が、だれかの背中にかつがれてやってきたのだ。

そのまま、ふたりのあいだに割って入った。

「内藤様も、栗山様も、刀をおひきください」

「刀屋の出る幕ではない。ひっこんでおれ」

栗山は、刀を納めない。

いっぽうの内藤は、あらわれた男を見て顔をひきつらせた。

「内藤様。おやめなさいませ。男らしゅうありませんぞ」

吉兵衛を負ぶってきた男が、口を開いた。

「なっ、なぜ、こんなところにやってきた」

内藤の声が、裏返っている。

「騒ぎが持ち上がったとうかがったからでございます。まったく、あきれて口がきけませせぬ」

吉兵衛を負ぶってきた男を、光三郎は知っている。

刀剣商清剣堂《せいけんどう》の主人である。

「わたくしから、栗山様に申し上げましょうか。それとも、ご自分で懺悔《ざんげ》なさいますか」

いわれたとたん、内藤の全身から力が抜け、腕がたれさがった。

「どういうことだ、ちょうじ屋。清剣堂までなにをしに来た」

栗山がとまどっている。

吉兵衛が、清剣堂の背中から降りて、腰をのばした。立つことはできるらしい。

「まことと、お二人とも、御大家育《ごたいけ》ちのお殿様でございますよ。四十を過ぎてもわがまま放題。欲しいものは、なんでも手に入るということにけっこうなお育ちでございますな」

内藤が刀を鞘に納めた。

うつむいて、くちびるを嚙《か》んでいる。

いきなりその場に土下座して、両手をつき、頭をさげた。

「すまん、栗山。わしも、一振り、虎徹を隠しておった。この清剣堂から買《こ》うたのだ。なにしろとびきり上出来の虎徹でな、涎《よだれ》が出そうになった。おぬしの持っているどの虎徹よりよい出来だと思えば、わたすのが惜しゅうなった。すまん。このとおりだ。許せ」

栗山が、あっけにとられた顔をしている。

——馬鹿馬鹿しい。

なんのための、大騒ぎだったのかと、光三郎はあきれるしかなかった。

六

栗山屋敷を出ると、刀屋たちがしきりにぼやいた。

「なんて日だ、まったく」

「厄日《やくび》だよ、ほんとに」

「あたしゃ、てっきり首を切られると思いましたよ」

「このまま帰るのも落ち着かないね」

ということで、験直《げんなお》しに、一同で新橋にくり出すことになった。

料理屋の座敷にあがって、芸者を呼んだ。

光三郎は、もちろん浜千代を名指した。

酒がきて、飲みはじめた。

大騒ぎのあとだけに、熱燗《あつかん》の酒が喉《のど》にしみてうまい。

「まったく、なんなんですか、あの二人は」

光三郎は、ぼやかずにいられない。

義父の吉兵衛も盃《さかずき》を手にして、ちびりちびりと舐《な》めている。腰は、まだ痛そうだ。

「昔っから、ああなんですよ」

「前にも、あったんですか、あんなことが」

「十年ばかり前です。あのときもまったく同じ。栗山様は、山伏の国広を隠し持っていたのです」

このあいだ見せてもらった国広だ。あれも、もとはといえば、隠していたのか。

「栗山様が、人を呼んで自慢するのは、虎徹の方じゃありません。国広のほうですよ。どうじゃ、内藤の国広より、このほうがよほど出来がよかろう、とね」

「ひどい人だ」

「内藤様だって似たようなものです。よい虎徹を見つけると買い込んで、けっして栗山様にはわたさない。今度もきっとそうだろうと思って、内藤様に虎徹を売った刀屋をさがしたんです。番頭を走らせたら、わたしの予想通り、一軒目でどんぴしゃりでした」

それが、清剣堂というわけだ。

「それじゃあ、おたがいに進呈するっていう約束は……？」

「まあ、そうできるくらいの大人になりたいっていうことでしょう。たいした意味はありませんよ」

「絶交しないんですかね」

「しないでしょう。いまごろは、内藤屋敷から虎徹が届いて、あの国広と交換したでしょう。それで手打ちです。二振りの刀を眺めながら、酒でも飲んでるんじゃかないですか」

聞いていて、光三郎は馬鹿らしくなった。なんという男たちだ。

清剣堂が、盃を乾《ほ》して口をひらいた。

「あの虎徹は、とびきりいいですよ。栗山様がそろえたのより、段違いに地鉄《じがね》も刃文もいい。同じ虎徹でも、ここまで違うかと、わたしだって驚きました。大名道具になる虎徹です。あれだけの虎徹なら、栗山様もさぞやご満悦でしょう」

清剣堂のことばに、光三郎がうなずいた。

「あの国広だって相当な出来ですよ。あれなら内藤様もご満悦にきまっている」

一同が苦笑した。

怒る気にもならないくだらない笑い話だ。

「旗本なんて、いい気なもんですな」

「まったく、まったく」

そんな話をしていると、芸者衆がやってきた。

浜千代が、光三郎の顔を見つけて、嬉《うれ》しそうに微笑んだ。

「あら、御名指しなんで、どなた様かと思ったら、寝顔の君《きみ》でしたか。嬉しいわ」

「おいおい、寝顔の君とは、お安くないね」

「へへ、妬《や》きなさんな」

何十人もいた先日の寄合とちがって、今夜は、落ち着いた小座敷である。しっとりした踊りを見て、ゆっくり話ができた。

「今日は、眠くならないんですか？」

銚子《ちょうし》をさしながら、浜千代が可愛らしい目で笑っている。

「このあいだは、酒癖のわるい連中に、無理にたくさん飲まされたんだよ。美人の酌《しゃく》なら、つぶれるもんか」

「まあ、じゃあ、試してみようかしら」

「ああ、試してくれ。酔いつぶれたら、おまえさんの膝《ひざ》を借りて寝てしまうよ」

「ふふ。いいですよ」

すぼめた口もとに愛嬌《あいきょう》があって、光三郎は、またしても、ぞくっとしてしまった。

——惚《ほ》れちまいそうだ。

そう思いながら見つめると、浜千代がまんざらでもなさそうに微笑みかえした。

飲んで食べて、踊りと三味線をたっぷり楽しんだ。

「いや、愉快愉快。皆さんとごいっしょさせていただいて、すっかり厄払いができました」

夜も更けて、清剣堂が挨拶《あいさつ》した。

そろそろ、町の木戸が閉まる時刻だ。

「……あぃたたた」

吉兵衛が、つらそうな声をあげた。

「だいじょうぶですか？」

「はい。だいじょうぶです。でも、今夜はもう動けそうもありませんから、ここに泊めてもらいましょうか」

「あら、お泊まりになるの。じゃあ、ゆっくり……」

浜千代が、艶《つや》っぽく微笑んでいる。

光三郎の頭に、ちらっとゆき江の顔が浮かんだ。

――さて、朝帰りしたら、どんな顔をするかな。

吉兵衛の腰の具合が、といえば、言い訳はたつ。吉兵衛は、花街《はなまち》のことをとやかくいうような野暮天《やぼてん》ではない。

帰っていく刀屋たちに挨拶すると、吉兵衛はもう腕枕でごろりと横になって目を閉じている。

「あたし、最初に見たときから……」

寄り添ってきた浜千代の白い手が、光三郎の手にかさなった。潤んだ目つきは、どうしたって、商売とは思えない。

「うん。おれも、ぞくっときたよ」

ひと目惚れということが、人生にはあるのだと、光三郎はうなずいた。

——栗山様も、内藤様も……。

惚れる相手に出逢《であ》ってしまったんだから、しょうがない。

盃をかたむけながら、光三郎は、二人の旗本を許す気になっていた。

——さて、おれは……。

どうするか、ゆっくり酒を飲みながら、考えるつもりだ。

浜千代の柔らかい手が、光三郎の手をさすっている。

陶然《とうぜん》と酔いがまわって、光三郎はすでに夢見心地である。

（講談社文庫『狂い咲き正宗　刀剣商ちょうじ屋光三郎』に収録）

敵《かたき》持ち

宮部みゆき

宮部みゆき（みやべ・みゆき）
1960年東京都生まれ。87年「我らが隣人の犯罪」でオール讀物推理小説新人賞、92年『龍は眠る』で日本推理作家協会賞、同年『本所深川ふしぎ草紙』で吉川英治文学新人賞、93年『火車』で山本周五郎賞、99年『理由』で直木賞、2022年菊池寛賞を受賞。他に「三島屋変調百物語」などのシリーズや、『模倣犯』『名もなき毒』『ソロモンの偽証』『ブレイブ・ストーリー』『過ぎ去りし王国の城』などがある。

　思いあまって用心棒を頼もうと決めるまでのあいだに、加助《かすけ》は三度刺し殺された。三度とも夢のなかでのことだったけれど、汗をびっしょりかいて飛び起きる寸前、傷口を押さえた手に感じられた血の感触は、とても夢とは思えないほどに生々しかった。食欲もないまま、食わないことにはしょうがねえと朝飯を詰め込んでいるあいだにも、箸《はし》を握る手のなかにその感触がよみがえり、ぶるっと震えがきたものだ。

　おこうは、もともと加助以上にひどくぶるっていたので、彼のこの決断に、一も二もなく飛びついて賛成した。となると、彼女にとっての問題は先立つもの、用心棒を雇うといったいどれぐらいの金がかかるかということだけになる。「誰を」雇うかということについては、もうとっくに決めていたからだ。同じ十間《じっけん》長屋の端に住む、小坂井《こざかい》又四郎《またしろう》である。

「小坂井の旦那《だんな》なら、きっと安く引き受けてくれるだろうよ」と、おこうは言った。

「痩《や》せても枯れてもお侍なんだから、傘張りなんかしてるより、用心棒の方がやりがいがあるに決まってる。高いこと言いやしないよ」

「けど、あの旦那の腕前はどうだろう」

小坂井又四郎は久しく浪人をしている。加助とおこうのあいだにできた、一粒種のおもんは今年六つになるが、又四郎がこの長屋に引っ越してきたのは、彼女がまだむつきをあてているころのことだった。その当時から、彼は傘張りをしていたのである。もしも彼がかつては相当の遣い手であったにしても、いい加減その腕もなまっていそうなものだと思われた。年齢的にも、加助よりは若いが、それでも四十はこえているだろう。

「刀だって、とっくに売っぱらっちまってて、竹光《たけみつ》かもしれないぜ」

加助がもごもごと疑問を呈すると、おこうは荒れた手を激しく振って、

「そんなこと、どうでもいいんだよ」と言ってのけた。「用心棒ってのは、お侍で刀を持ってるってことに意味があるんだから。腕っぷしの強い素っ町人が薪《まき》ざっぽう持って立ってるよりも、腰抜けでもお侍が刀さして立ってる方が強く見えるんだ。そういうもんさ」

「だけど竹光じゃ……」

「抜かなきゃ、竹光だってこともわかりゃしないじゃないか」

加助としては、わかりゃしないで済む話とは思えない。亭主の身は守りたいが、そのかかりはなるべく安く済ませたいというおこうの言い分は、どこか大事な出発点が違っているような気がしてならない。

「言いにくいなら、あたしが小坂井の旦那と話をつけてきてあげるよ。あの旦那は恐《こわ》い人じゃないよ。気安いよ」

小坂井又四郎が気安い人物であることなら、加助だってよく知っている。だからこそ気抜けするのだ。仕事へ出かけてゆく加助に、井戸端で下帯を洗濯しながら「おう、精が出るな」などと声をかけてくるような浪人では、用心棒と頼みにする気にはなりにくい。

「とにかく、あたしに任せなよ」

おこうはせかせかと言い切り、あんたは仕事に行きなと、背中を押すようにして送り出した。加助は、まだ湯気の温《ぬく》もりのこもっている弁当を腰につけて、とぼとぼと出かけてゆくより仕方がなかった。おこうと小坂井との交渉が、首尾よくまとまって欲しいのか潰《つぶ》れて欲しいのか、自分でもはっきりしないままに。

ところがその夜、加助がいつものように夜の四ツ（午後十時）の鐘を聞きながら店をしまい、お鈴《すず》に挨拶《あいさつ》をして扇屋《おうぎや》の勝手口から外に出ると、痩せて貧弱な南天の木の陰に、小坂井又四郎がぬうっと立っていた。

加助は仰天して飛び退《の》いた。小坂井は、火を入れていない提灯《ちょうちん》を左手に、右手を口にあてて大あくびをしているところだったから、「ふぁ～助」というふうに呼びかけてきた。

「小坂井の旦那」

「加助、帰ろう」と、小坂井又四郎は言った。

「おぬしの女房に頼まれて迎えに来たのだ」

では、用心棒の話はまとまったのか。

「本当に、お頼みしてよろしいんですかい？」

「うむ。手当なら、もうもらった」小坂井は痩せて平たい胸を叩《たた》いてみせた。「そう高くはないが、わしには有り難い金だ」

だからちゃんと務めるぞという表情だった。

「ここで火を借りることはできんか」と、彼は扇屋の方を振り返った。「おこうに、おまえを待っているあいだは火を入れてはいかんと、きっと言いつかった。ろうそくもおぬしのかかりだからな。無駄遣いはいかんのだ」

おこうは、そんなところまで細かくケチるのである。

「火ならあっしが点《つ》けますよ」と、加助は言った。「旦那、あっしと一緒に帰るんですかい？」

「そうとも。それが望みだろう？」

子供の送り迎えじゃあるまいし、それでは意味がない。加助は溜息《ためいき》をついた。

「おこうはどういうふうに話したか知りませんが、あっしは命を狙《ねら》われてるんです」

小坂井は頭をぼりぼりとかいた。「ああ、そう聞いたぞ」

「旦那が一緒に歩いてくれたら、そりゃあ襲われることもねえだろうけど、でも、それじゃあこのあと一生そうしなくちゃならなくなる。あっしとしては、旦那にはこっそりとついてきてもらって、あっしが襲われたなら、そのとき駆けつけてきてもらいてえんです。で、襲ってきた野郎を斬《き》る——」

加助はちらりと、小坂井の顔と、彼が腰に帯びている柄《つか》の古ぼけた大刀を見比べた。小坂井はとぼけた顔をしたままだ。

「——ことまでしなくても、二度とあっしをつけ狙ったりしないように、こっぴどくこらしめてもらいてえんですよ」

「ははあ、そういうことか」と、小坂井は顎《あご》を撫《な》でた。夜目にも、無精《ぶしょう》ひげが浮いて見える。「それだと、おこうの言っていた話とは違ってくるぞ」

やっぱり。

「おこうはちゃんと話さなかったみたいですね」

「おぬしが客にからまれて、脅かされている。夜道を襲われるかもしれない。だから用心棒が欲しい。なに、長くても十日も旦那に夜道を送ってもらえば、相手も頭が冷えて諦《あきら》めるだろうからという話だった」

十日とは、おこうもまた安く見積もったものである。いったい、一日いくらの約束をしたのだろう。

「そんな易《やさ》しい話じゃねえんですよ」

小坂井は片手に提灯をぶらぶらさせながら、「ふうん」と呑気《のんき》な声を出した。

「とにかく、今夜はわしと一緒に帰ろう。偶然行き会ったようなふりをすればいい。それで今夜のところは無事だろう。で、道みち事情を話してくれんか」

仕方がない。歯の根も凍るような二月の夜風を噛《か》みしめ、加助は語ることになった。

そもそもの事の始まりは、昨年の暮れに、扇屋の亭主徳兵衛《とくべえ》が中風《ちゅうぶう》で倒れて動けなくなったことだった。

扇屋は、新大橋《しんおおはし》の袂《たもと》、御籾蔵脇《おもみくらわき》の深川元町《ふかがわもとちょう》にある居酒屋である。昼は飯も出す。徳兵衛と女房のお鈴のふたりで切り回し、そこそこ繁盛《はんじょう》している店だった。

板場は徳兵衛ひとりが受け持っていた。お鈴は今年三十五の大年増《おおどしま》だが、芸者あがりの婀娜《あだ》っぽい女で、客の取り持ちはいいけれど、大根一本切ったことがない。徳兵衛に倒れられては、その日のうちに店が立ち行かなくなった。

「それで、あっしにお鉢が回ってきたんです」

加助はもともとは、日本橋西河岸町《にほんばしにしかしちょう》の「ひさご屋」という飯屋の通いの板前である。子供のころにここの板場に雇われ、使い走りや掃除の仕事を振り出しにずっと鍛えられて一人前になった。魚河岸《うおがし》や青物市場の目と鼻の先にあり、飯屋にしては法外な間口二間に二階建ての構えを持つひさご屋は、通いの板前だけでも四人を雇っているという大所帯だ。店は大繁盛だし、身代も安定していて、加助は生涯、ここで通いの板前として働くことができればいいと思い決め、真面目《まじめ》に務めてきた。

このひさご屋の主人が、扇屋徳兵衛と古い知り合いだった。扇屋の窮状を知った彼は、放っておくわけにはいくまいと、せめて徳兵衛の病状がはっきりし、店を続けてゆくことができるかどうかの見定めがつくところまで、うちの板場からひとり人を貸そうかと、お鈴に持ちかけた。

「ははあ、それでおまえに白羽の矢が立ったというわけか」

北風に提灯をぶらぶらさせながら、小坂井が言った。ふたりは猿子橋《さるこ》を渡り、左に南六間堀町《みなみろつけんぼりちょう》の町屋を、右手に井上河内守《いのうえかわちのかみ》の屋敷の塀を見ながら歩いていた。この先、富川町《とみかわちょう》のところで右に折れて小名木川《おなぎがわ》端へ出るあたりまで、右手はずっと武家屋敷の塀ばかりが続いている。道幅は広いが、気味の悪い道中だ。後ろからわっと襲われて、冷たくごつい塀に押しつけられ、ぐいと合口《あいくち》で刺されたらそれでおしまいである。加助は、ときどき肩越しに後ろを振り返りながら先を急いだ。

「ひさご屋さんはあっしの恩人だし、助《すけ》っ人《と》とは言え居酒屋一軒を任せるという仕事をあっしに振ってくれたんですから、最初は感謝してたんですよ」

それに深川元町なら、加助の住む柳原町《やなぎはらまち》三丁目の長屋から日本橋まで通う道の途中だ。寒い冬のあいだ、通いの距離が短くなるのも、じじむさいようだが、今年四十五になる加助には有り難い話だった。喜んで承知して、年明けに松がとれた早々から、彼は扇屋に通うことになった。

「お鈴さんておかみさんは、ちっと気は強いけど、なんせ美人だし」と、加助はおこうの前では言えないことを言った。「事情が事情であっしを頼りにして大事にしてくれるしで、仕事はやりやすいし、最初の十日ばかりのあいだは、そりゃもう愉《たの》しかったんですけどね」

そこにとんでもない落とし穴があった。

「扇屋の常連のひとりに、勇吉《ゆうきち》っていう若い男がいるんです」

歳《とし》は二十五、六だろう。つるりと色白の男前で、話は巧《うま》いし酒は強い、金払いもいいとあって、扇屋にとっては上客のひとりだった。

「えらくきれいな手をしてるんで、堅気《かたぎ》じゃねえだろうと、最初に会ったときからあっしはにらんでました。まあ、小博打《こばくち》でも打ちながらぶらぶらしてる遊び人でしょう」

この勇吉が、おかみのお鈴に目をつけて、岡惚《おかぼ》れをしていたらしい。

「お鈴さんに聞いてみた限りじゃ、何度か誘われたけど、自分は亭主持ちの身だし、あんな男は好きじゃないし、そりゃまあ上客だから愛想《あいそ》のひとつやふたつは言ってても、隙《すき》を見せた覚えはないっていうんですけどね。向こうはすっかりのぼせ上がって、どうやら、その気になればすぐにでもお鈴さんをものにできるようなつもりでいたようなんですよ」

そこへ持ってきて、亭主の徳兵衛が倒れた。勇吉は、ここぞとばかりに舌なめずりをしながら扇屋に乗り込んできた――

「するとそこに、青ぶくれたようなおぬしの顔があったということか」と、笑いながら小坂井が言った。

「青ぶくれはひでえや」

ぴゅうっと唸《うな》るような北風に、加助は首を縮めた。彼は綿入れを着込んで襟巻を巻いているが、小坂井は袷《あわせ》の着物一枚だ。袖《そで》がぺらぺらとはためいている。寒くないのだろうかと見あげると、のっぽの古侍は、顔をそむけて大きなくさめを放った。

「それでその、勇吉がおぬしの敵《かたき》というわけか」鼻をぐしゅぐしゅいわせながら、小坂井は言った。「早い話、逆上した岡惚れ男につけ狙われているというわけなのだな」

「そうなんです」加助はしょんぼりとうなずいた。

道中のやっと半ばを過ぎた。もうすぐ富川町だ。しかしここは、左右と前方を武家屋敷の塀にはばまれて、いちばん怖い場所である。ここを通りたくないばっかりに、昨夜はわざと遠回りをして、北森下町《きたもりしたちょう》の方から町屋のなかばかりを抜けて歩いてみたほどだ。

新月の夜、寒さのあまりとてもじっとしてはおられないというように、星ばかりがせわしくちかちかとまたたいている。加助は襟巻をまき直した。

「勇吉は、あからさまにおぬしを脅しているのだな？」と、小坂井が訊《き》いた。

「ええ。最初に扇屋で会ったのが一月の二十日ごろでしたかね。その日は、ぎろぎろとあっしを睨《にら》みつけながら酒をくらってるだけでしたけど、翌晩、あっしが帰るのを勝手口で待ちかまえていて、『命が惜しかったら、お鈴から手を引けよ、もう扇屋には足踏みするんじゃねえぞ、わかったか』なんて凄《すご》んでみせて、懐《ふところ》から刃物をちらちらさせたんです。あっしはただ、ひさご屋さんに頼まれて手伝いに来てるだけなんだって、一生懸命話したんですけどね。てんから聞こうとしなかった」

「脅しはそれきりか？」

「とんでもない。そのあと、はっきりとわかるように夜道を尾《つ》けてきたのが——そう、十回じゃきかねえな。で、一昨日《おとつい》の晩は——」

思い出すだけで腹が冷え背骨が凍る。

「この先の、深川西町《にしまち》のところで待ちかまえていて、家の隙間からさっと飛び出してきて、あっしを刺そうとしました」

以来、加助は、刺し殺される夢を見続けてきたというわけである。

小坂井は動じた様子も見せない。「うまくよけられたのか?」

「あっしだって必死ですもの」

「おぬしがよけたら、それ以上は追ってこなかったのかの?」

「うまい具合に、道の向こう側から夜回りが来たもんで。そうでなかったら、あっしはおだぶつでしたよ」

小坂井は、北風にあおられる提灯《ちょうちん》を手で押さえつつ、「それはよかったなあ」など呟《つぶや》いている。

そうこうしているうちに、ふたりは新高橋《しんたかばし》の手前まで来た。ここを左に折れると深川西町である。

「昨夜《ゆうべ》はここを通れませんでした」

加助は、自分でもそれと気づかないうちに小坂井にすり寄りながら呟いた。

「そりゃあそうだろう。おぬし、ひさご屋の主人に事情を話して、扇屋から手を引かせてもらおうとは考えなかったのか?」

「そんなことをしちゃ、申し訳がたたねえ」

「律儀《りちぎ》だの」

「あっしが今、一人前に女房子供を養っていられるのも、ひさご屋さんのおかげなんですから」

「無駄とは思うが、お鈴に話して、勇吉を取りなしてもらうということはしなかったのか？」

「お鈴さんも勇吉を怖がってて、駄目なんです。お願いだから店を辞めないでくれって、あっしに泣いて頼むしさ」

「お鈴は自腹を切っておぬしに用心棒を雇おうとは言わなかったのか？」

「そんなこと、思いつきもしないでしょう。亭主の医者や薬にだって金がかかるし、あの人は女だし」

「おぬしの女房のおこうだって女だろう」

「旦那《だんな》は女房ってもんを持ったことがないんですかい？　あったら、そんなことは言わないね」

　小坂井の前歴はまったくの謎《なぞ》である。加助たちの住む長屋の差配人は頑固者で、堅い請け人がない店子《たなこ》は入れない。その差配人のめがねにかなったのだから、小坂井もそうそうでたらめな人物ではないのだろうが、元は御家人だったのかどこぞの藩士だったのか、どういう事情で禄《ろく》を失ったのか、長屋の住人たちのあいだに、噂《うわさ》話のひとつとしてこぼれてこないのだ。

風体だけを見ていると、生まれたときから浪人だったように思えてしまう小坂井の、昔の暮らしについてまともに尋ねたのは、これが初めてのことだ。加助も、さすがに気が咎《とが》めた。

「すいません、余計なことを言いました」

「なに、気にすることはない」小坂井はぶるんと胴震いをした。「しかし寒いな。おこうは一杯飲ませてくれぬかな」

「ようがすよ。あっしも飲みたい気分だ」

深川西町と、その先の菊川町《きくかわちょう》四丁目の町屋を隔てる小道にさしかかり、右手の川を渡って吹き抜ける風に、ひときわ大きく提灯《ちょうちん》が揺れた。そのとき、小坂井が足を止めた。

「なんです?」

加助は気色《けしき》ばんだ。小坂井は、横着にも提灯をそのままかざして前方を指さした。

「誰か倒れておる」

加助は目をこらした。なるほど、小道の手前の町屋の戸口に、大きなたらいが立てかけてあるのだが、その陰に、人の頭のようなものが見えているのだ。

「旦那……」

動けなくなってしまった加助を後目《しりめ》に、小坂井はのしのしと歩んで、そちらに近づいた。提灯を片手にしたまま膝《ひざ》をつくと、倒れている人の首筋のあたりを探る。北風の冷たさに目に涙がにじんでくるのを感じながら、加助はそれを見守っていた。

「どうです？」

「死んでいるな」

小坂井が答えたそのとき、加助の背後ですっとんきょうな声が響いた。

「あ、人殺しだ、人殺し！」

加助はあわてて振り向いた。月もない夜の暗闇《くらやみ》に、明かりと言えば小坂井の手のなかの提灯だけだ。しかも、一間と離れていない場所にいるその男は、手で顔を覆《おお》うようにしていた。振り向いた加助から後じさりするように後ろに跳ね飛ぶと、

「人殺し！」とわめきながら、一目散に逃げ出し、すぐに角を曲がって姿を消した。

「人殺し……なんかじゃねえよぉ」

追いかけて叫んでみたけれど、無駄なことであるようだった。

寒くて難儀だが、逃げるのもかえって妙だと小坂井に言われ、その場で亡骸《なきがら》の番をしていると、近所の連中は飛び出してくるわ、近くの木戸番の番人と土地の岡っ

引きとが駆けつけてくるわで、騒ぎはすぐに大きくなった。聞けば、さっきの男が番屋に駆け込んだものであるらしい。

「まあ、当たり前であろうな」と、小坂井は懐手などして鷹揚《おうよう》に言った。亡骸を確かめて、その胸に古びた合口が突き刺さったままになっているのを見つけたときも、ほほう、やっぱりな、などと呟いただけで、けろりとしていた。頭のなかがひっくり返ってしまっている加助とは大違いである。

最初から罪人扱いというわけではなかったが、小坂井と加助はおとなしく番屋へと連れて行かれた。二人を引っ立てる岡っ引きは、ひどく険しい顔をしていた。加助はしどろもどろになってしまったので、尋ねられたことには、小坂井が答えた。浪人者とは言え相手が武家なので、岡っ引きもしゃにむに突っ込んではこず、丁寧に話を聞き出してくれた。

「旦那をお頼みしていてよかった」と、加助は言った。小坂井はうなずくと、

「おぬしが今考えている以上に、よかったと思うぞ」と、謎のようなことを言った。

殺されていたのは、向島《むこうじま》に住む島屋《しまや》秋兵衛《しゅうべえ》という素金《すがねか》貸しの老人だった。向島の者がこんな時刻に菊川町でうろうろしていたのは、ここに若い妾《めかけ》を囲っていたからで、彼女のもとで宵を過ごしたあと、帰り道にこの難にあったものであるらしい。

懐からは財布が抜かれ、腰につけていた銀の煙管《きせる》もなくなっていた。しかし、合口で胸をひと突きというのは、物盗《ものと》りとしてはひどく荒っぽい手口である。

そのあたりまでは、恐ろしい出来事だけれど、加助にとっては他人事《ひとごと》だった。事がおかしくなったのは、岡っ引きが、妙にあやふやな口調で、凶器に使われたその合口が、加助の持ち物じゃないかと訊《き》いてきたときだ。

「あっしの？」

加助としては、啞然《あぜん》とするほかない。

「あっしは合口なんか持っちゃいませんよ」

「本当かい？」

この岡っ引きは、つい先年跡目をとって前の親分の縄張を引き継いだばかりの若者である。岡っ引きなど、加助には縁のない存在だが、この若親分に限っては、長屋の差配人のところに出入りしているのを、一、二度見かけたことがある。若親分の方も加助が誰だか承知しているらしく、

「ひさご屋は辞めたのかい？」などと訊いてきたりもした。

「合口なんざ、あっしには用のねえもんです。あっしには包丁だけあればいいんだから」

番人に所望して、図々《ずうずう》しいのか悠長なのか、茶などいれてもらって飲んでいた小坂井が、

「親分、誰がそんなことを言っているのか、当ててみようか」と言い出した。

若親分は小坂井に笑顔を向けた。「ほう、旦那にはわかりますかい?」

「見当はつく。扇屋のおかみのお鈴だろう」

加助は腰を抜かしそうになった。若親分の笑みが大きくなった。

「当たりですよ。あっしらが、あそこに通りかかっただけだという旦那と加助さんの言い分を確かめに、扇屋に出かけていったら、おかみの方から言い出したんです。殺しに使われた合口はどんな合口ですか。加助さんは、このところ合口を持ち歩いてますよ、ってね」

「そんな馬鹿《ばか》な話があるかい」加助はわめいて腰を浮かした。「お鈴さんがそんな嘘《うそ》を言うわけがねえよ」

「しかしおめえさんは、勇吉とかいう、お鈴に岡惚《おかぼ》れしている客に脅されてたんだろう? で、身を守るために合口を持ち歩くようになったんだって、お鈴は言ってるぜ」

小坂井が、口をぱくぱくさせている加助に向かって、

「おぬし、はめられたな」と言うと、がぶりと茶を飲んだ。「いや、正しく言うなら、危うくはめられるところだったのだ。わしを雇っておいて、本当によかったな」

とんと舐《な》められたもんだ、俺だってそれほど馬鹿じゃねえやと言いながら、若親分はがしがしと探索を進めた。事がはっきりするまで、加助は家にこもっていたのだが、若親分が訪ねてきて、苦笑しながら絵解きをしてくれるまで、事件から中四日しかかからなかったのだから大したものだ。

「お鈴と勇吉は、本当にできてたんだよ」と、若親分は言った。「勇吉は、殺された素金貸しの秋兵衛に、なんだかんだで五十両からの借金があった。大方、博打《ばくち》で負けたんだろう。それを帳消しにするために、お鈴と組んでひと芝居打ったってわけだ」

お鈴に岡惚れしているふりをして、勇吉が加助に因縁をつける。そうしておいて、秋兵衛が妾を訪ねてくる日を選び、帰り道に襲って刺し殺し、わざと合口を残しておく。あとはその亡骸を加助に発見させ、騒ぎになったところで、お鈴が出てきて「それは加助さんの合口でございます。いつも身につけていました。なぜならば勇吉に脅されて――」と、しゃあしゃあと嘘をつくという次第だ。

むろん、亡骸を発見した加助たちに、「あ、人殺しだ」と叫び、御注進とばかりに番屋に駆け込んだ男も、勇吉とお鈴の一味である。若親分の調べたところでは、どうやら勇吉の博打仲間であるらしい。

この男の役目と言ったら、まずは、加助が秋兵衛の亡骸を見つけたとき、人殺しと騒ぎ立てて番屋に駆け込むこと。次には、あとでお上に調べられたら、

「はい、あっしはあの加助って男があの人を刺すところを見ました」と、嘘八百を並べること。「懐を探って金をとるところも見ました」なんてことも言うつもりだったろう。図太い嘘吐《つ》きには、それほど難しい役割ではない。

だがしかし、加助にとっては運良く、お鈴と勇吉にとっては運悪く、この男の頭の中身は月夜の蟹《かに》の身のように痩《や》せていた。この筋立ては、加助がひとりきりで現場を通りかかり、ほかに証人がいないときに限って通用するものなのだということを考えず、加助が小坂井と連れ立っていたのに、ただただ素直に仕組んだとおりに騒ぎ立ててくれたおかげで、事件自体が妙ちくりんなものになり、隠すそばからボロが出たというわけだ。

「ああ、本当に小坂井の旦那《だんな》をお頼みしておいてよかった」

心底から、加助はそう思った。

「旦那はこれを見抜いていたから、あの時あっしにそう言ったんだな」

ひたすら感動する加助に、負けじといいところを見せたくなったのだろう。若親分はふんと鼻を鳴らすと、

「たとえおめえがひとりでいたって、俺はこんな馬鹿な企てにはひっかからなかったよ。真面目《まじめ》な板前のおまえさんが、たとえ合口を持っていたって、どうしていきなり追い剝《は》ぎめいたことをやって秋兵衛を殺さなきゃならねえ？　理由がねえじゃねえか。勇吉は、てめえが借金で尻《しり》に火がついてたもんだから、人を見れば理由もなく金を欲しがってるように見えちまったんだ」

「ははあ……」

「それにおめえ、自分でも言ってたじゃねえか。あっしには合口なんか用はねえ、包丁があればいいって。板前はそういうもんだよな。慣れてる得物《えもの》をつかうわな。お鈴の阿呆《あほう》は、板前の亭主を持ちながら、そんなことなんかちっともわかっちゃいなかったのさ」

鼻息も荒く親分が帰っていったあと、加助はとっくりに五合ばかし酒を買って、小坂井のところまで提げていった。浪人は今日も傘張りに精を出していたが、嬉《うれ》し

そうに笑ってとっくりを歓迎した。

「頭の切れる若親分がいてよかったの」と、いそいそと縁の欠けた茶碗《ちゃわん》を出してきながら言った。

「けど旦那は、もっと先《せん》からあのからくりに気づいていなすったでしょう?」

「ふん」と、小坂井はちょっと首をかしげて言った。「道みち、話を聞いていたときにな」

「どうしてです?」

「勇吉が、口先でおぬしを脅すばかりで、本気で襲ってはこなかったからだ」と、小坂井は言った。「先に深川西町で襲ってきたというときも、おぬしが逃げたら深追いはしなかったそうだな。つまりは格好だけだということだ。実際には、勇吉は、秋兵衛が妾《めかけ》のところにしけこむ夜を待っていたわけだから当然だが、しかし、あやつが本当に、いきなり刃物をちらつかせずには済まぬほど、お鈴に歪《ゆが》んだ岡惚れをしていたのなら、一月の半ばから今まで、一度もおぬしを傷つけずに放っておくということはあるまいよ。狂気に急《せ》かれて、すぐにも襲ってきたろうよ」

加助としては、唸《うな》るばかりだ。

「そういうもんですかね」

「そういうものだ」と、小坂井は何やら考えこむような顔つきでうなずいた。「わしはこれでも、乱心者《らんしんもの》についてはちょっと一家言持っている」

それから半月ほど後のことである。小坂井又四郎が、いきなり長屋から姿を消した。一晩のうちにきれいに立ち去ってしまったのである。

加助もおこうも大いに驚いた。物堅い差配人は、噂話《うわさ》が大嫌いだし、店子《たなこ》の身の上について、ぺらぺらしゃべることもしない。それがわかっていながらも、差配のところに押しかけて、旦那《だんな》はどうしたと問いつめずにはおられなかった。

差配人は干し柿みたいなしわだらけの顔をさらに歪めてしばらく考えていたが、「旦那も、あんたら夫婦にはよろしくと言っていなすったからな」と呟《つぶや》くと、他言無用をきっと念押しした上で話してくれた。

「実は、あの旦那は敵《かたき》持ちだ」

「かたきもち？」

「そうだ。ただの仇《あだ》討ちじゃないよ。そんなものは、とっくに御禁令が出ているからな。上意討ち――つまり、小坂井討つべしという殿様のご命令で、昔の同僚たちに追われていたのだ」

差配人は藩の名前は言わなかった。

「小坂井様は、八年前まで、ある藩の江戸《えど》藩邸で用人頭を務めておられた。偉いお人だったんだ。ところが、小坂井様があんまり頼りになるからだろう、奥方さまが何かというと小坂井、小坂井というもので、殿様が悋気《りんき》したんだな。有《あ》り体《てい》に言えば、小坂井様が奥方と密通してるんじゃないかと疑ったわけだ」

差配人は、腹立たしそうに、手にしていた煙管《きせる》を振り回した。

「この殿様っていうのが、もともと気性にそういうところのあるお方でね。狂気の血というのかね。可愛《かわい》いとなったら呆《あき》れるほどに可愛がる、いったん憎いとなったらすぐに首をとるほどに憎いと、こういうわけだ。で、追っ手を向けられて、小坂井様はやむなく逃げた。奥方は実家に帰して、自分は脱藩して浪人したわけだな」

加助は、小坂井が（乱心者には一家言持っている）と言ったときの、あの茫洋《ぼうよう》とした目つきを思い出した。

「だけれども、藩のなかでも、殿様の狂気を案じている人たちは多くてな。特に跡継ぎの若様が、ああいう父親は早く隠居させて自分が跡目となるのがお家の安泰にも繋《つな》がると、ずいぶんと運動をしておられるそうなんだ。この若様と若様のご一党が、小坂井ほどの有能な者をあたら理由もない上意討ちにするわけにはいかないと、今までこっそりかばってこられた。殿様を隠居させるまでの辛抱だぞと、小坂井様にも約束してな。で、小坂井様も江戸を離れずに隠れ暮らしておられたわけだ」

「……そういうことでしたか」

「そうだ。ただ、今度のことで、小坂井様の名前が外へ出てしまった。町場での一件だから、心配はないだろうが、万が一ということがある。いくら若様がかばってくれていると言っても、今の殿様とその腰巾着《こしぎんちゃく》は、小坂井様を追いかけている。念のために隠れ場所はかえた方がよかろうということで、屋移りしたという次第だよ」

加助は黙ってうつむいた。自分は旦那に用心棒を頼んだおかげで助かったが、旦那にはずいぶんと迷惑をかけたことになってしまったのだ。

小坂井はあわてて発《た》ったので、長屋の部屋のなかは大方そのままになっていた。荷物などほとんどないが、内職で張った傘を、届けずに長屋に残していった。あとのことは差配が頼まれているということだったので、加助も手伝って、それを問屋まで運んで行くことになった。

差配と出かけようとしているところに、若い侍が訪ねてきた。いかにも勤番侍らしいもっさりとした風情《ふぜい》で、かすかに言葉になまりがあった。小声で、丁寧な口調で差配を呼びつけた。

しばらくのあいだ、差配はその侍と、頭を寄せてひそひそと話していた。その様子では、若侍は追っ手の側ではなく、小坂井をかばっている側に属しているらしかった。生真面目なその顔を見ているうちに、むらむらとこみあげてくるものがあって、加助は声をかけてしまった。

「小坂井様は、帰参がかないそうですか」

差配が怒った顔でにらみつけ、若侍は目をぱちぱちさせて加助を見た。が、ちょっと微笑して、

「きっと、間もなくそうなる」と返事をした。

「あの方は、我が藩にはなくてはならぬ方だ」

加助はほっと、気がゆるむのを感じた。

「そいつはよかった。折がありましたら、加助がうんと御礼申し上げていたとお伝えくだせえ。旦那《だんな》に用心棒をお頼みして、あっしは本当に助かった」

「用心棒?」詳しい事情を知らないのか、若侍はきょとんとした。「ほう。小坂井様がな」

「そうですよ」

「さて、あの方は、剣術はからきし――」

言いかけて、若侍ははっと口をつぐんだ。真顔に戻して、「確かに申し伝えよう」と、角張った口調で言った。

話をしているうちに、雲に閉ざされていた冬空から、ぽつりぽつりと冷たい霙《みぞれ》が降りだした。差配が、若侍に傘を勧めた。

「小坂井様の傘か」

どこか懐《なつ》かしそうに呟いて、若侍はそれを広げた。霙がしとしとと落ちてきて、傘の上で丸い水の球になり、ほろほろと転がり落ちた。


（新潮文庫『堪忍箱』に収録）

解説

末國善己（文芸評論家）

戦国時代が終わり太平の江戸時代になると、行政能力のある武士は必要でも、一騎当千型の武士は不要になる。江戸初期は幕府が統制力を強めるために、武家諸法度の違反で改易されたり、没後に養子を迎える末期養子が認められず取り潰されたりする大名、旗本が多数に上るが、武士は常に余っていて、主君に忠義を尽くす武士道の普及で代々の家臣を重んじるようになっており、浪人の再仕官が難しくなっていた。

大坂の陣や島原の乱に多くの浪人が加わっていたことから、幕府は浪人を危険視し、居住制限や再仕官の禁止などの政策を採るが、これが浪人たちを追い詰め、由井正雪が浪人を率いて幕府転覆を目論んだとされる慶安の変を引き起こしてしまう。

これで幕府は方針を変え、大名の改易を少なくし、末期養子も認めて浪人になる武士を減らし、浪人への規制も緩和した。だが多くの浪人は、江戸時代を通して、裏長屋で暮らし、その日稼ぎをする苦しい生活を送ることになる。

浪人は武士としての身分を失い、町奉行所の支配を受けていたが（武士の犯罪は目付の管轄だが、浪人の犯罪は町奉行所が裁く）、苗字帯刀は許され、市中で暮らしていると町人には武士として扱われていたようだ。

本書『信念　浪人小説傑作選』は、江戸時代の浪人を主人公にした短編小説の傑作をセレクトした。バブル経済の崩壊後は会社の倒産やリストラなどで失業する人が増え、近年はキャリアを活かすため積極的に転職する人も増えている。理由や期間は様々かもしれないが、一時的に無職＝浪人状態を経験する人が珍しくなくなった現代だからこそ、浪人小説を新たな視点で読むことができると考えている。

山本周五郎「薯粥」は、ある藩に現れた浪人が内紛を片付け去っていく周五郎の代表的な短編「日日平安」と似た構図の物語である。

岡崎藩の老職・鈴木惣兵衛を浪人の十時隼人《ととときはやと》が訪ね、町道場を開く許可を求めた。新蔭流の梶井図書介《かじいずしよのすけ》が藩の師範をしていたが、それだけでは家中全員に稽古がつけられていないので許可されたが、隼人は弟子を志ある足軽に限りたいという。

隼人は、ただの草原を道場にして稽古をつけ始める。隼人は稽古後に弟子たちに薯粥を振る舞っていたが、教授料は受け取っていなかった。次第に門弟は増え、軍《ぐん》兵《ぴょう》の心構えを解く隼人の稽古で自信を付けた足軽が、矢《や》作橋《はぎばし》の普請現場で喧嘩騒ぎを起こし、隼人は図書介と試合をすることになる。

隼人は、争いは無益で、修業は一生続き、優劣は修業の励みに過ぎず人間の価値を決めるものではないというが、これは周五郎作品に共通するテーマで、懸命に弟子に薯粥を出す資金を作る無私無欲な隼人の言葉だからこそ、心に響いてくる。何にでも優劣をつけたがる現代人は、本作の問題提起を重く受け止める必要がある。

争いを好まない隼人だが、稽古は厳しく「一途不退転の心だ、命令のあるところ水火を辞せざるの覚悟」が軍兵の鍛錬としている。本作が戦時中の一九四三年に発表されたことを思えば、軍兵の鍛錬は明らかに前線に行く一兵卒の覚悟と重ねられており、周五郎が時代の風潮に抗えなかった一面もうかがえる。

主君に殉じるため、あるいは恥辱を避けたり、汚名をすすぐために行われる切腹は、長く武士の勇壮さや高潔さの象徴とされてきた。この切腹を使って、武家社会の欺瞞を暴き出したのが滝口康彦「異聞浪人記」である。

本作の主人公・津雲半四郎は、水害で壊れた広島城を無断で修繕したとして主君の福島正則が改易され江戸に出て来たので、江戸初期の典型的な浪人といえる。浪人の再仕官は難しかったが、大名の屋敷に行き、生計が立たないので切腹したい、武士の情で玄関先を貸して欲しいと頼んだ浪人が家臣になったとの噂が広がり、大名の屋敷を訪れて切腹したいと訴える浪人が増えた。赤備えで有名な井伊家の老職・斎藤勘解由《さいとうかげゆ》は、玄関先で切腹したい、介錯を沢潟彦九郎《おもだかひこくろう》、松崎隼人正《まつざきはやとのかみ》、川辺右馬助に頼みたいという半四郎に、同じ福島家中だった千々岩求女《ちぢわもとめ》を知っているかと聞く。

なぜ半四郎は沢潟たちを介錯人に指名したのか、なぜ三人が揃って病気になったのか、半四郎と求女の関係は何か。こうした謎が解明されるにつれ、幕府の政策が多くの浪人を生み、狂言切腹をしてまで日々の糧を得るまで追い詰められた浪人たちを、「衣食に憂いのない人々」が見下している現状が明らかになる。これが貧困を自己責任と切って捨て、政府の対策が充分でない現代の日本と重なるだけに生々しい。

葉室麟「鬼の影」は、『忠臣蔵』を題材に七人の作家が競演したアンソロジー『決戦！　忠臣蔵』に発表され、没後に『不疑　葉室麟短編傑作選』に収録された作品である。葉室は『花や散るらん』『はだれ雪』などでも『忠臣蔵』を題材にしており、本作も迫真の剣戟を描く〝動〟と、文化に着目した〝静〟のバランスが見事である。

赤穂藩主の浅野内匠頭が、江戸城内で吉良上野介に刃傷に及び赤穂藩は改易された。赤穂城の明け渡しや藩札の交換などを終えた大石内蔵助は、京の山科に隠棲し遊興にふけった。大石は、浅野内匠頭の弟・大学による浅野家再興を最優先していたが、江戸の堀部安兵衛らは吉良を討ちたいと主張し対立が続いていた。妓楼からの帰り、大石が安兵衛に襲われた。どのように急進過激派の安兵衛に対処すべきか。大石の心情が、和歌、地唄、儒教をベースにした山鹿流兵学などを通して浮かび上がり、安兵衛と直接対話する場面には圧倒的なサスペンスがある。

浪人しても武士の矜持を忘れず、最善の道を選んだ沈着な大石は、勤め先がいつ倒れるかも、雇用の流動化が進み、いつ転職を迫られるかも分からない現代を生きる読者に、浪人しても慌てず次の手を考える冷静さを持つ重要性を教えてくれる。

山本兼一「うわき国広」は、徳川将軍家の刀剣を管理する御腰物奉行・黒沢勝義の嫡男で、将来を嘱望される鑑定眼を持っていたが、徳川家の宝剣・本庄正宗が「相州鎌倉の住人正宗の作」ではないと言ったことで勘当され、町の刀屋ちょうじ屋の婿になった光三郎が活躍する〈刀剣商ちょうじ屋光三郎〉シリーズの一編である。堀川国広と長曾祢虎徹が詳しく解説されており、日本刀好きには特にお勧めしたい。

義父の吉兵衛に、国広を収集している内藤伊勢守に国広を届けるように頼まれた光三郎は、内藤家で虎徹の収集家として知られる栗山越前守を紹介される。二人は、内藤が虎徹を入手したら栗山に、栗山が国広を手に入れたら内藤に渡す約束をしていたが、栗山が国広の名刀を隠し持っていることを内藤が知ってしまう。

好きな物を集めるためなら手段を選ばない内藤と栗山のコレクター心理は、傍から見ているとユーモラスに感じられるだろうが、何かの収集をしている読者は他人事とは思えないのではないか。

堅苦しく権威主義的な武士の身分を捨て、自身の能力だけで勝負ができる刀剣商になった光三郎だが、商売なので刀剣を安く仕入れ高く売る必要があり、同業者の会合に出る、顧客に気を遣うなど武士時代とは異なる苦労を強いられる。近年は労働者が能力を発揮できる多様な働き方として、職務の遂行に必要なスキル、経験、資格を持つ人材を、職務内容などを限定して採用するジョブ型雇用、条件や報酬を選べるフリーランスなどが推進されている。それだけに、今後は光三郎のような悩みを抱える人が増えてくるように思える。

昔のテレビ時代劇に登場する浪人は、裏長屋に住み、月代《さかやき》が伸び、継ぎだらけの着物を着て、刀は売って竹光、傘張りの内職、用心棒、寺子屋の師匠などで糊口をしのいでいた。こうした典型的な浪人が活躍するのが、宮部みゆき「敵持ち」である。

加助が、三度も殺される夢を見た。女房のおこうは、同じ長屋に住む浪人の小坂井又四郎に用心棒をしてくれるよう頼みに行く。その夜、加助が仕事から帰ろうとしていると、小坂井が待っていた。一緒に帰る途上で、加助は詳しい事情を話し始める。

日本橋の飯屋で通い板前をしている加助は、深川で居酒屋を営む徳兵衛が倒れたので手伝いに行くことになる。徳兵衛の女房お鈴は元芸者で婀娜《あだ》っぽく客あしらいも巧く、常連の勇吉が岡惚れした。勇吉は、お鈴と加助が恋仲と思い込み加助をつけ狙っていたのだ。やがて小坂井と加助は死体を発見、ある証言から加助に疑惑の目が向けられる。

加助を窮地に追い込んだ証言の矛盾から真相を見抜く小坂井の推理は鮮やかで、本格ミステリの名作を発表している宮部作品らしい切れ味がある。日本を代表する名探偵といえる明智小五郎は、「D坂の殺人事件」で初登場した時は、探偵小説が好きな無職の遊民だったので、浪人と名探偵は相性がよいのかもしれない。加助が遭遇した事件の真相は、小坂井が浪人になった理由ともリンクしてどろどろとしているが、善人が決して不幸にならないので気持ちよく読み終えることができる。

本書は文庫オリジナルです。

信念《しんねん》

浪人小説傑作選《ろうにんしょうせつけっさくせん》

滝口康彦《たきぐちやすひこ》　葉室《はむろ》 麟《りん》
宮部《みやべ》みゆき　山本兼一《やまもとけんいち》　山本周五郎《やまもとしゅうごろう》
末國善己《すえくによしみ》＝編

令和７年 ３月25日　初版発行

発行者●山下直久

発行●株式会社KADOKAWA
〒102-8177　東京都千代田区富士見2-13-3
電話　0570-002-301（ナビダイヤル）

角川文庫 24586

印刷所●株式会社暁印刷
製本所●本間製本株式会社

表紙画●和田三造

●お問い合わせ
https://www.kadokawa.co.jp/（「お問い合わせ」へお進みください）
※内容によっては、お答えできない場合があります。
※サポートは日本国内のみとさせていただきます。
※Japanese text only

ISBN 978-4-04-115761-9　C0193

◇◇◇

角川文庫発刊に際して

角川源義

第二次世界大戦の敗北は、軍事力の敗北であった以上に、私たちの若い文化力の敗退であった。私たちの文化が戦争に対して如何に無力であり、単なるあだ花に過ぎなかったかを、私たちは身を以て体験し痛感した。西洋近代文化の摂取にとって、明治以後八十年の歳月は決して短かすぎたとは言えない。にもかかわらず、近代文化の伝統を確立し、自由な批判と柔軟な良識に富む文化層として自らを形成することに私たちは失敗して来た。そしてこれは、各層への文化の普及滲透を任務とする出版人の責任でもあった。

一九四五年以来、私たちは再び振出しに戻り、第一歩から踏み出すことを余儀なくされた。これは大きな不幸ではあるが、反面、これまでの混沌・未熟・歪曲の中にあった我が国の文化に秩序と確たる基礎を齎らすためには絶好の機会でもある。角川書店は、このような祖国の文化的危機にあたり、微力をも顧みず再建の礎石たるべき抱負と決意とをもって出発したが、ここに創立以来の念願を果すべく角川文庫を発刊する。これまで刊行されたあらゆる全集叢書文庫類の長所と短所とを検討し、古今東西の不朽の典籍を、良心的編集のもとに、廉価に、そして書架にふさわしい美本として、多くのひとびとに提供しようとする。しかし私たちは徒らに百科全書的な知識のジレッタントを作ることを目的とせず、あくまで祖国の文化に秩序と再建への道を示し、この文庫を角川書店の栄ある事業として、今後永久に継続発展せしめ、学芸と教養との殿堂として大成せんことを期したい。多くの読書子の愛情ある忠言と支持とによって、この希望と抱負とを完遂せしめられんことを願う。

一九四九年五月三日

角川文庫ベストセラー

乾山晩愁　葉室　麟

天才絵師の名をほしいままにした兄・尾形光琳が没して以来、尾形乾山は陶工としての限界に悩む。在りし日の兄を思い、晩年の「花籠図」に苦悩を昇華させるまでを描く歴史文学賞受賞の表題作など、珠玉5篇。

実朝の首　葉室　麟

将軍・源実朝が鶴岡八幡宮で殺され、討った公暁も三浦義村に斬られた。実朝の首級を託された公暁の従者が一人逃れるが、消えた「首」奪還をめぐり、朝廷も巻き込んだ駆け引きが始まる。尼将軍・政子の深謀とは。

秋月記　葉室　麟

筑前の小藩、秋月藩で、専横を極める家老への不満が高まっていた。間小四郎は仲間の藩士たちと共に糾弾に立ち上がり、その排除に成功する。が、その背後には本藩・福岡藩の策謀が。武士の矜持を描く時代長編。

散り椿　葉室　麟

かつて一刀流道場四天王の一人と謳われた瓜生新兵衛が帰藩。おりしも扇野藩では藩主代替りを巡り側用人と家老の対立が先鋭化。新兵衛の帰郷は藩内の秘密を白日のもとに曝そうとしていた。感涙長編時代小説！

さわらびの譜　葉室　麟

扇野藩の重臣、有川家の長女・伊也は藩随一の弓上手・樋口清四郎と渡り合うほどの腕前。競い合ううち清四郎に惹かれてゆくが、妹の初音に清四郎との縁談が。くすぶる藩の派閥争いが彼女らを巻き込む。

角川文庫ベストセラー

蒼天見ゆ　葉室　麟

秋月藩士の父、そして母までも斬殺された臼井六郎は、固く仇討ちを誓う。だが武士の世では美風とされた仇討ちが明治に入ると禁じられてしまう。おのれは何をなすべきなのか。六郎が下した決断とは？

はだれ雪（上）（下）　葉室　麟

浅野内匠頭の〝遺言〟を聞いたとして将軍綱吉の怒りにふれ、扇野藩に流罪となった旗本・永井勘解由。若くして扇野藩士・中川家の後家となった紗英はその接待役を命じられた。勘解由に惹かれていく紗英は……。

孤篷のひと　葉室　麟

千利休、古田織部、徳川家康、伊達政宗――。当代一の傑物たちと渡り合い、天下泰平の茶を目指した茶人・小堀遠州の静かなる情熱、そして到達した〝ひとの生きる道〟とは。あたたかな感動を呼ぶ歴史小説！

天翔ける　葉室　麟

幕末、福井藩は激動の時代のなか藩の舵取りを定めきれず大きく揺れていた。決断を迫られた前藩主・松平春嶽の前に現れたのは坂本龍馬を名のる1人の若者。明治維新の影の英雄、雄飛の物語がいまはじまる。

青嵐の坂　葉室　麟

扇野藩は財政破綻の危機に瀕していた。中老の檜弥八郎が藩政改革に当たるが、改革は失敗。挙げ句、弥八郎は賄賂の疑いで切腹してしまう。残された娘の那美は、偏屈で知られる親戚・矢吹主馬に預けられ……。

角川文庫ベストセラー

洛中洛外をゆく
葉室　麟

『蜩ノ記』や『散り椿』など、数々の歴史・時代小説で読者を魅了し続けた葉室麟。著者の人生観や小説観を掘り下げ、葉室文学の深淵に迫る。作品の舞台となった京都の名所案内も兼ねた永久保存版！

刀伊入寇
藤原隆家の闘い
葉室　麟

荒くれ者として恐れられる藤原隆家は、公卿ながらに強い敵を求め続けていた。一族同士がいがみ合う熾烈な政争に巻き込まれた隆家は、のちに九州に下向する。そこで直面したのは、異民族の襲来だった。

月神《げっしん》
葉室　麟

明治13年、内務省書記官の月形潔は、北海道に監獄を造るために横浜を発った。自身の処遇に悩む潔の頭に浮かぶのは、志士として散った従兄弟の月形洗蔵だった。２人の男の思いが、時空を超えて交差する。

神剣
人斬り彦斎
葉室　麟

下級武士に生まれた河上彦斎は、吉田松陰と出会い、志士として生きることを決意した。厳しい修行の果てに最強の剣技を手にした彦斎は、敵対する勢力に牙を剝く。〈人斬り彦斎〉の生涯を描いた歴史長篇。

不疑
葉室麟短編傑作選
葉室　麟

中国の漢の時代、「京兆尹」という役職に就く「不疑」という男がいた。ある日、天子の色である黄色の車に乗った謎の男が宮殿に現れる。男は反乱を起こして殺されたはずの皇太子を名のるが……。

角川文庫ベストセラー

おそろし
三島屋変調百物語事始
宮部みゆき

17歳のおちかは、実家で起きたある事件をきっかけに心を閉ざした。今は江戸で袋物屋・三島屋を営む叔父夫婦の元で暮らしている。三島屋を訪れる人々の不思議話が、おちかの心を溶かし始める。百物語、開幕！

あんじゅう
三島屋変調百物語事続
宮部みゆき

ある日おちかは、空き屋敷にまつわる不思議な話を聞く。人を恋いながら、人のそばでは生きられない暗獣〈くろすけ〉とは……宮部みゆきの江戸怪奇譚連作集「三島屋変調百物語」第2弾。

泣き童子
三島屋変調百物語参之続
宮部みゆき

おちか1人が聞いては聞き捨てる、変わり百物語が始まって1年。三島屋の黒白の間にやってきたのは、死人のような顔色をしている奇妙な客だった。彼は虫の息の状態で、おちかにある童子の話を語るのだが……。

三鬼
三島屋変調百物語四之続
宮部みゆき

此度の語り手は山陰の小藩の元江戸家老。彼が山番士として送られた寒村で知った恐ろしい秘密とは⁉ せつなくて怖いお話が満載！　おちかが聞き手をつとめる変わり百物語、「三島屋」シリーズ文庫第四弾！

あやかし草紙
三島屋変調百物語伍之続
宮部みゆき

「語ってしまえば、消えますよ」人々の弱さに寄り添い、心を清めてくれる極上の物語の数々。聞き手おちかの卒業をもって、百物語は新たな幕を開く。大人気「三島屋」シリーズ第1期の完結篇！